書下ろし

鬼千世先生

手習い所せせらぎ庵

澤見 彰

祥伝社文庫

目次

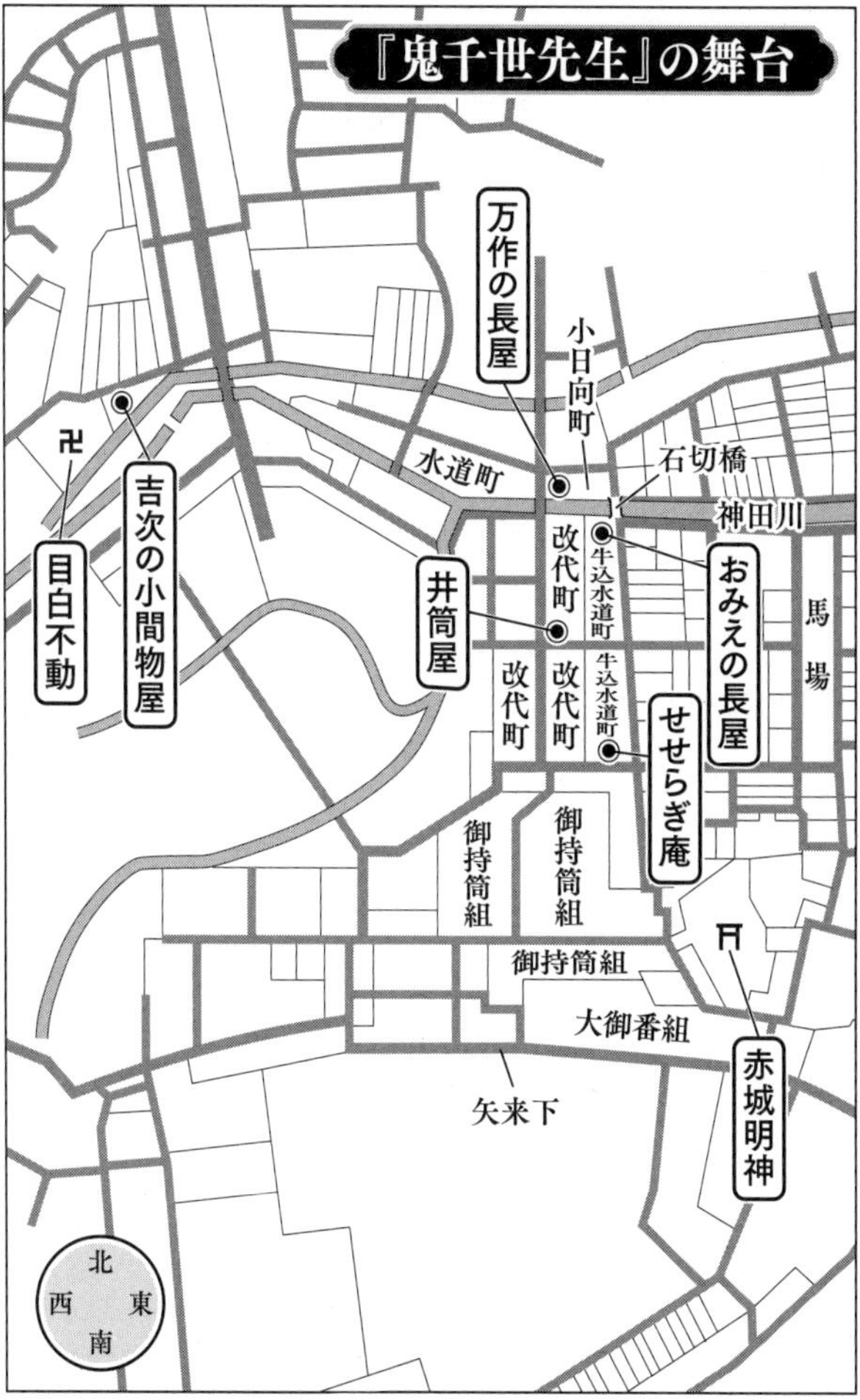
『鬼千世先生』の舞台
万作の長屋
小日向町
水道町
石切橋
神田川
吉次の小間物屋
目白不動
改代町
牛込水道町
おみえの長屋
井筒屋
馬場
改代町
改代町
牛込水道町
せせらぎ庵
御持筒組
御持筒組
御持筒組
大御番組
赤城明神
矢来下
北
西
東
南

地図作成／三潮社

一　せせらぎ庵《あん》と生きる道

「そう怯《おび》えることはねぇさ」

晩夏の日差しが照りつける坂道をのぼりながら、となりを歩く男が言った。

男は五十絡みで、うっすらと笑みを口元にたたえた武士だ。名を根岸鎮衛《ねぎしやすもり》といい、役職は勘定奉行だという。百姓の子である平太《へいた》にとっては、勘定奉行といってても、どれほど偉《えら》いのかは皆目《かいもく》見当もつかない。信用していいのかもわからない。素直についていってよいのかもわからない。すべてがよくわからないまま、大名や旗本の武家屋敷が並ぶ小石川《こいしかわ》の私邸というところから、牛込水道町《うしごめすいどう》という町中へ連れてこられた。

もともと沼地だったという牛込のあたりは、大昔に埋め立てをして武家地となり、その後、埋め立てを請け負った町人たちも移り住んで町屋も形成された。神田《かんだ》上水に沿って作られた町であるから、牛込水道町という。

「これから行くところはな、『せせらぎ庵《あん》』という手習《てなら》い所《どころ》なんだが」

平太を連れまわしながら、鎮衛はつづけた。

「上水沿いにあるから、せせらぎ庵というのだそうだ。じつに風流な響きだが、当の師匠は、鬼《おに》とか鬼千世《おにちよ》なんて呼ばれることもある。とはいえ、いきなり取って食いやしねぇだろうから心配するな」

「………」

心配するなとは言うが、なんとも心もとない。子ども心に平太は思った。

子どもに読み書き算盤《そろばん》などを教える私塾――手習い所の師匠が、「鬼」と呼ばれるとは、いったいどういうことなのだろうか。それほど恐い師匠なのだろうか。なぜ自分は、そんな師匠がいる手習い所に連れていかれるのだろうか。もしかしたら売り飛ばされでもするのだろうか。不穏なものを覚えつつ、慣れぬ江戸で鎮衛のほか頼れる者はおらず、懸命についていくしかなかった。

鎮衛について坂をあがりきったところ。

突然、すごい剣幕で怒鳴る声が耳をつんざいた。

「天誅《てんちゆう》です！　そこに直りなさい」

「わっ、こいつ、いきなりなにしやがるんでぃ！」

通りに面した門が押し開かれ、ひとりの男が、喚《わめ》きながらまろび出てくる。そのあとを、「この不届き者め」と女が追いかけてきた。四十前後の色白で美しい女だが、藍鼠《あいねず》の着物の袖をからげ、薙刀《なぎなた》を振りかざしている。

おもわず目を丸くする平太の前で、女は這って逃げる男めがけて鋭利な刃をひらめかせた。ひと振り、ふた振り、男の背をかすめた刃先は、いきおいあまって、すぐそばの門の垣根に突き刺さる。

「なんて女師匠だ」

あやうく斬られるところだった男は、地べたを這いながら喚き散らした。

「手習いの師匠がこんなことしていいのかよ」

「手習い師匠だからこそです。うちの筆子に悪さをする者に容赦はしません。あまつさえ月謝を横取りしようという不届き者は、問答無用で叩き斬るのみです」

女は本気らしかった。薙刀をさらに振り抜いてみせる。男がとっさに身を屈《かが》めなければ、髷《まげ》が吹き飛んだかもしれない。

たまらず、男は身を翻《ひるがえ》して撤退をはかった。

「とんでもねぇ手習い師匠もいたもんだ。おぼえてやがれっ、この手習い所には鬼みてぇな師匠がいるって言いふらしてやる。ぜったいこんなところ潰《つぶ》してやるからな！」

「子どもの月謝を盗もうとする男がなにを言う。二度とこんなことをしないよう、懲《こ》らしめてやります！」

さらに男を追い掛けていく女を見送りながら、「行っちまった」と鎮衛は、困惑ぎみに顎《あご》を撫でていた。

「なんというか、その、いまはちょっと間《ま》が悪いみてぇだな。出直すとしようか」

「…………」

平太は目の前が暗くなった。

出直すということは、やはり自分は、ここに預けられるのだと確信したからだ。

薙刀を振り回す鬼師匠がいる、せせらぎ庵という手習い所に。

これからいったいどうなってしまうのか。不安と心もとなさと、胡散《うさん》臭さをおぼえながら、平太は鎮衛とともにこの場をあとにした。

平太がふたたびせせらぎ庵に連れて行かれたのは、鬼師匠の大立ち回りを目にしてから五日後のことだった。平太を一時預かってくれている根岸鎮衛という人は凄《すさ》まじく忙しいらしく、五日ぶりに寝不足の青白い顔で私邸に戻ってきて、

「それじゃあ、千世のところへ行ってみるか」

と、散歩にでも出かける気軽さで平太を促《うなが》した。

いよいよ鬼のもとへやられる日が来たのだ——と、平太はすこし哀しい気持ちで、しぶしぶながら付き従う。

「そう怯えることはねぇさ」

鎮衛は、五日前とおなじことを、うなだれて歩く平太に向かって言った。

「あまり信じられないって顔をしているな？　まぁ、あんな大立ち回りを見せられたんじゃ仕方ねぇか。でもよ、いつもあんなふうに怒っているわけじゃないぜ。あのときは、とある筆子の親類ってやつが、酒飲みたさに、子どもの手習い料を盗もうとしたらしくてな。けっきょくそれがバレて、千世がお説教をしていたところだったらしい。あんなふうに薙刀を振るうのも、悪事をはたらく大人にだけであって、子どもにはすこぶる優し……」

以前も辿《たど》った坂をあがりきったところ。

鎮衛が言葉をおえぬうちに、通りに面した門がふっとび、庭から十歳くらいの

男の子がまろび出てきた。

　どこかで見たことのある光景だと、平太は思った。

「天誅です！　そこに直りなさい」

「うるさい、お節介ばぁさん！　鬼ばばぁ」

「なんですって、もう一度言ってごらんなさい！」

　泣き喚く男の子の背後から、袖《そで》をからげて拳固《げんこ》を振り回す女が追いかけてきた。もちろんそれは、先日薙刀を振り回していた鬼師匠だ。今日は薙刀こそ握っていないが、すごい剣幕はあいかわらずだ。逃げてきた男の子の襟首をつかんで、力いっぱいひきずり戻した。

　通り一帯、ご近所中に響き渡るほどの泣き声を、男の子があげている。さすがに見かねた鎮衛が声をかけた。

「おいおい千世、薙刀のつぎは拳固かよ。これじゃあ、平太にお前を引き合わせようっていう、おれの沽券《こけん》にかかわるぜ」

「あら、根岸さまではございませんか」

　来訪者に気づいた鬼師匠こと、千世は、男の子を羽交《はが》い締《じ》めにしたまま、鎮衛と平太のほうを振り返った。

「いらっしゃるのは今日でしたか？」

「いらっしゃるのは、ずっと前のはずだったんだよ。お前が薙刀振り回してどこかへ行っちまうから今日出直してきたんだ」

「あぁ、あのときですか」と、千世は合点したあと、鎮衛の後ろに隠れながら立っている平太に目を向けた。

「あなたが平太ですね。話は聞いていますよ」

「………」

「恐《こわ》がらなくてもいいのですよ。薙刀を振り回していたのは、あのときの男が、うちの筆子の月謝を盗もうとしたからで」

「それはもう平太に言ってある」

「あらそうですか。では、話は早い。わたしだって、いつもはあんなことをするわけじゃありません。さぁ、遠慮なく中へおあがりなさい」

平太は困惑していた。ついいましがた拳固をふりかざしていた人の言葉なので、そのまま鵜呑《うの》みにしてよいのかどうか。だが、千世に促《うなが》され、鎮衛にも背中を押され、仕方なく、せせらぎ庵にあがることになってしまった。

拳固で追い回されていた男の子は、羽交い締めにされたあとも「鬼ばばぁ」と悪態をついたので、結局きつい拳固をひとつもらって、部屋のすみでしくしくと泣いている。

その様子を見やってから、広間にあぐらをかいた鎮衛が尋ねた。

「あの子はいったいなにをやらかしたんだ？」

「朝一番にここに来てから、富士山《ふじさん》が見えるのだと言って、うちの屋根の上にあがったのです。ひとりで梯子《はしご》を使ってね。落ちでもしたら大変なことだから、やめるよう口を酸《す》っぱくして言っていたのですが」

「なるほどね。だが、あの拳固をもらえば、二度とばかなことはしないだろうよ」

「だといいのですが」

拳固がよほど痛かったのか。男の子は泣き止まない。

それを横目で見ながら、平太は手習い所の主である女性と向かい合っていた。

「平太」

向かいの女性――せせらぎ庵の手習い師匠、千世が言った。

「…………」

「はじめまして。わたくしは尾谷《おだに》千世と申します」

千世は軽く頭をさげながら名乗った。凛《りん》としたよく通る声だ。

返事をするかわりに、平太はあらためて相手の姿をしげしげと眺めた。

年は四十くらいだろうか。薙刀や拳固を振りかざしていなければ、品よく優しそうな人だ。しかも、平太がこれまで見たこともないほど色白で美しく、涼しげな目で見つめられるとひどく照れくさくなってしまう。

「このせせらぎ庵で、細々と手習い所を営んでおります。四年前に夫を亡くし、家の一切合切《いっさいがっさい》を跡取りに譲りましてね。家にいても息子夫婦の厄介《やっかい》者になるだけですから、一念発起してここを開いたのですよ」

やたらと姿勢がよいのも、薙刀の心得があるのも、言葉遣いが丁寧なのも、千世が身分ある武家の妻女だったからららしい。家を息子に任せたあとは市井《しせい》に出てきて、かつて大店《おおだな》の隠居が住まっていたという町屋を借り上げ、いまの手習い所を開いたという。

「この通り小さな手習い所ですが、あまり手広くせず、筆子ひとりひとりに合わせた手習いをしています」

言われて、平太は手習い所の様子を眺《なが》めた。

八畳ほどの奥の間に机が並び、八人ほどの子どもたちが鎮座《ちんざ》している。席が決まっているわけでもないらしく、まだ五、六歳に見える小さな子や、十歳前後の子、体が大きな年嵩《としかさ》の子など、年も背格好もまばらな男の子と女の子が入り混じっていた。子どもたちは、枡形《ますがた》に並べた机を好きなときに好きなように行き来して、さまざまなことに取り組んでいる。習字をする者もあれば、算盤をはじく者、黙々と読書にふける者、絵を描いている者もいる。なかには机に向かわず、となりの子とおしゃべりばかりしている者もいた。

拳固をもらって泣いていた男の子も、やっと落ち着いたらしく、机に戻って文箱といろはの手本、すでに墨で真っ黒になった半紙を取り出した。墨を磨《す》ってから、手本を見つつ、真っ黒な紙の上にさらに筆を動かしていく。不得意な文字があるのか、同じ筆の動きを、何度も何度も繰り返していた。

いずれの子たちも、自らの意思で、それぞれに合った間で、身につけたいものを習っているらしいと、平太の目には見えた。

手習いの様子に見入っている平太に、千世が問いかけてくる。

「根岸さまから、あなたに会ってみてくれと言われていたのですが。どうですか、あなたには何かやりたいことがありますか。ここに通いたいと思いますか」

「…………」

平太は返事ができなかった。

やりたいことがあるか、通いたいかと問われても、平太は江戸に出て早々、鎮衛によってここに連れてこられただけだし、なにも心の準備ができていない。

そして目の前の女性——いまは穏やかだが、鬼と呼ばれる手習い師匠に真正面からじっと見つめられると、さすがに迫力があり、何もかも見透かされてしまいそうで、平太は怖気《おじけ》づいてしまった。

だが、返事をすることができなかった本当の理由は、心の準備ができていないせいでも、鬼と呼ばれている手習い師匠が恐ろしいせいでもなく、こたえたくとも、こたえることができないからだった。

沈黙したままの平太の代わりに、鎮衛が口を挟んだ。

「ことわっておくのを忘れていたがなぁ、千世」

「なんでしょう」

「平太は、じつは声が出なくなっちまったんだ」

平太は、この年十一歳になる。小柄で線が細く、かつ女の子みたいにかわいらしい顔立ちをしているので、年よりも幼く見られることが多い。

上州吾妻郡浅間山《じょうしゅうあがつまあさま》を間近にのぞむ、鎌原《かんばら》村という場所に生まれ育った。名主の分家筋で、大きな田畑をやっている百姓家の子だった。とはいっても、体は小さく、野良仕事をしてもあまり日に焼けないので、百姓の子というよりは、学者の子弟といった風情《ふぜい》もある。

そんな平太が生まれ育った土地を離れ、江戸に出てくるきっかけとなったのは、四年前の、あるできごとのせいだった。

鎌原村からよく見える浅間山は、夏をのぞき、年中のほとんどのあいだ、白い雪衣をまとう美しい山だ。その山が大噴火を起こしたのは、四年前の天明《てんめい》三年（一七八三）のこと。ちょうど山頂から雪が消えた、真夏のことだった。

噴火のいきおいはすさまじく、余波は遠く江戸市中まで届いた。

当時、関東《かんとう》一円の空は、噴煙により鈍色《にびいろ》の雲におおわれ、火山灰が江戸市中にまで押し寄せた。降り積もった火山灰と、くわえて日照不足により農作物が育たなくなり、天明飢饉《ききん》の一因になったとも言われている。

もっとも、噴火による火山岩や火砕《かさい》流を直《じか》に浴びることになった麓《ふもと》の村々では、農作物どころか、住む場所や数多くの人命までも奪われてしまったのだが。

浅間山北麓にあった鎌原村が、火砕流によって飲み込まれたのは、噴火の翌日のことだった。噴火当日、火山岩や溶岩、降灰などによる害はなかったことで、ひと安心していた矢先だ。あくる日に、河川をつたい大量の火砕流がいっきに流れ込んできたときは、逃げる暇《ひま》など、ほとんどなかった。一部の村人が、村の唯一の高台である鎌原観音堂に逃れたが、村人六百人近くのうち、助かったのは百人にも満たなかった。

住む場所や田畑のほとんどが火砕流におおわれた村では、もはや暮らすことができない。鎌原村の生き残りは、近隣の村に住む豪農に仮宅を与えられ、そこから数年がかりの復旧にのぞむことになる。

その指揮を一時期執《と》っていたのが、幕府から見分役として遣わされ、噴火から数日後に現地入りした、当時、勘定所の役人だった根岸鎮衛だった。


「そうですか。あの子は、その鎌原村の生き残りなのですね」

鎮衛から平太の生い立ちを聞きながら、千世はしみじみとつぶやいた。噴火当時、江戸にいた千世も、空一面が鈍色に染まり、火山灰が江戸じゅうを埋め尽くすさまを、その目で見ているのだ。江戸でもそれほどの被害だったから、火口から近い場所はどんなにひどい有様だったかは、想像に難《かた》くない。

「浅間噴火からもう四年が経つのですね。わたしが手習い所を開いたのもその頃でしたから、よく覚えていますよ」

千世が述懐《じゅっかい》する。四年という歳月が、短いのか、長いのか。

「当時は、噴火から逃れてきた人たちが、江戸にもたくさん押し寄せました。近所の長屋にも何人かいたようですよ」

「うむ。そういう者たちは総じて『浅間押し』と呼ばれているそうだな。帰る目《め》途《ど》もつかずに、江戸に腰を据えるのか、いつか帰るために備えておくべきなのか。どっちつかずの苦しい日々を送っていると聞く。早くなんとかしてやりたいと思うが、害を受けた村々も元通りになるには程遠く、帰る見込みが立ちにくいというのが、ほんとうのところでな」

「あのとき、見分役をおおせつかったあなただから、現地の事情はよくわかっているのでしょうからね」

大変だったでしょうね、と千世は酒杯を傾けながら言った。

千世と鎮衛とで、平太の身の上のことを話し合っていたのは、せせらぎ庵に通う筆子たちすべてを帰し、平太を客間で寝かしつけた夜半のことだった。平太を預けてから、いったん勘定所に戻っていた鎮衛は、一日の役目を終えると酒徳利《どっくり》を土産にふたたび訪ねてきていた。

千世は、じつは酒に目がない。三度の飯より酒が好きといった具合だ。だから厄介ごとを持ち込むとき、鎮衛は酒を差し入れればよいと思っている節がある。その魂胆《こんたん》がわかっていながらも、千世は、目の前の誘惑にはあらがえず、けっきょく夜遅くまで鎮衛の話に付き合うことになった。

「平太の事情はわかりましたけど」

ひと呼吸ごとに、くい、と酒が杯《さかずき》からきれいに消えていく。

「しかし、いまごろになってなぜ、あなたが平太を江戸に連れてきたのですか。あの子と知り合いになったのは、見分に出向いた四年前のことですよね」

「そういうことになるかな。あの子はまだ七つだった」

次々と杯を重ねる千世を相手に、鎮衛もまた順調に杯をあけていた。

「あのときの村の様子は、ほんとうに悲惨でなぁ。家や田畑のほとんどが、熱せられた真っ黒な泥砂《でいさ》で埋まってしまった。生き残ったのは、観音堂に登った百人程度だったが、麓《ふもと》から五十段あった観音堂までの石段が、あと数段残すだけで、埋もれてしまっていた。あんなものに飲み込まれたら、とうてい命は助かるまい」

「平太の親や兄弟は？」

「察しのとおり、あの子の親も妹も、助からなかったそうだ。どこへ流されたか、まだ残っている泥砂の下に埋もれているのか。いまだに見つかっていない」

「あの子が口をきけなくなってしまったのは、そのせいで？」

千世が尋ねると、「いや、それだけではないらしい」と、空《から》になった杯に、さらに酒を注《つ》ぎながら鎮衛は首を振る。

「四年前、おれは御救普請《おすくいぶしん》の陣頭を取って、鎌原村のほんの一画だけだったが、ふたたび人が暮らせるところまで立て直した。平太がそこに戻っていくところも見た。そのときはまだ口がきけていたんだ」

もちろん親兄弟を失った哀しみを引きずってはいたものの、当時、村人たち誰しもが家族を失っていたし、お互いよく助け合ったし、復旧にかける意気込みも強固だった。夏から冬にかけてのおよそ半年、平太の身には、なにごとも起こっていなかったのだ。鎮衛自身とも幾度か話をしたことがある。

その後、見分を終えた鎮衛は、江戸に戻り、あくる年には佐渡《さど》奉行に任ぜられ、さらなる役地に赴いた。佐渡奉行の任を終えたのがつい最近のことで、いまは勘定奉行として江戸に舞い戻ったところだ。

勘定奉行の役目につく直前、鎌原村の人々がどうしているか気になっていた鎮衛は、村まで出向いてみることにした。そこで、十一歳になった平太が、言葉を失っていたことを知ったのだという。

「あの子は聡明な子でな。田畑を手伝いながらも、近所の寺子屋に通い、読み書きはよくできたそうだよ。火砕流があったあとも、近所の子らを励ましながら面倒を見ていた。おれともよく話をしたし、じつに明るく気丈な子でもあったんだ。それがどうして、四年も経った今頃になって声が出なくなっちまったのか」

言葉をしゃべることができないので、鎮衛は、平太の本心や思うところを聞き出すことができていない。ただ、災害直後とはうってかわって平太が衰弱しているふうにも見えたし、家に引きこもったまま野良仕事にも出なくなり、復旧途上の村にいることもつらそうに見えた。

「だから、あなたは平太を、鎌原村から引き取ってきたというわけですか」

「うむ。この四年のあいだになにがあったのか、気丈にふるまっていたぶん、暮らしがすこし落ち着いて、かえって落ち込んでしまったのか。あるいは体の具合が悪いのか。あの子には目をかけていたし、復旧にすこしでも携《たずさ》わった手前、そのまま村に残しておくのがしのびなくてなぁ。それに、江戸でならば良い医者にも診《み》せられるとも思った」

「で、あの子の具合はどうなのです」

「知り合いの医者に診せたのだが、体はどこも悪くないという」

「声が出ない理由は、心のせいかもしれないと？」

「そうなのだ」

「だから、わたしのところへ？」

「うむ」

　話を聞き終え、あきれた――と千世はさらに酒をあおる。

「あなたが目をかけて引き取ってきたのなら、わざわざここに連れてこないでも、あなたが面倒を見たらよろしいのに」

「そう冷たいこと言うなよ、おれが忙しいのは知っているだろう？」

「まるで、わたしが酒ばかり飲んでいる暇人《ひまじん》だとでも言いたげな」

「そこまでは言っていない」「少しは思っているということですか」というやり取りがあったあと、いよいよ酒徳利が空になり、杯を置いた千世が居住まいをただした。

「あなたは昔からそうですよ。いつも厄介ごとばかり、わたしのもとに持ち込んでくる」

「面目《めんぼく》ない」

「自覚はあるのですか」

「ある」

「開き直られても困ります。でも、まぁ……たしかに。役目、役目で、ちっとも落ち着かないあなたが面倒を見るより、わたしのほうがいくらかはましかもしれません」

「ならば、平太を預かってくれるか？」

けっきょく手土産の美酒に絆《ほだ》されたということなのか。渋い顔をしながらも、千世はうなずいた。

「当面の間だけ、ですよ。まずは様子見から」

「恩に着る」と、鎮衛は両手を合わせる。

「助かるよ、千世。鬼千世さま。いやな、じつはお前のほかは思いつかなかったのだ。あの子を預ける先がな。うちは役目柄、人の出入りが多くて落ち着かないし、他所《よそ》に預けるにしても、生半《なまなか》な人間では匙《さじ》を投げてしまう。きっとお前なら、すこし難しい子どもでも、どうにか面倒を見てくれると信じているのだ。ああよかったよかった。あの子も救われる。これでひと安心。後日また酒を届けさせるゆえ、どうかひとつ頼んだぞ」

「あなたという人は」

千世は形のよい眉をかすかにひそめる。鎮衛が、千世が断ることのできない言い方をしていることが、わかっていたからだ。

「ほんとうに狡《ずる》い言い方をしますね」

鎮衛からの返事はない。そらとぼけて天井などを仰ぎ見ている。

そんな相手の態度も忌々《いまいま》しいが、「頼られると弱い」ことと「酒に目がない」ことを、自分でも否定できないところもまた、忌々しいと思う千世だった。

けたたましい悲鳴に耳を貫かれ、平太は飛び起きた。

身を起こしたとき、いま自分がどこにいるのか、とっさに見当がつかなかった。ここ数日のあいだ逗留《とうりゅう》した根岸邸でもない。障子戸と襖《ふすま》に囲まれた見慣れない六畳間。隣の部屋からは、数人の子どもの喧騒《けんそう》と、暴れまわる足音が聞こえてくる。

「そこに直りなさい、一蔵《いちぞう》！」

となりの部屋で、障子戸が揺れるほどの怒声があがり、足音がさらに激しさを増した。平太は、怒声の主が、この家の主《あるじ》であることに気づいた。

いったい何の騒ぎだろうか。平太は、寝かされていた部屋と、となりの部屋とを仕切っている襖をそっと開けてみる。

「一蔵、あぶないことをしてはいけないと、昨日、留助《とめすけ》にも言ったばかりでしょう。知らなかったとは言わせません。言葉でわからない者にはこうですよ」

かすかに開いた襖の隙間から、濃紺の着物姿の女の人――手習い師匠の千世が、一蔵と呼ばれた小太りの少年を追いかけているさまが見える。どうやら、前日留助が怒られたのを見ていたにもかかわらず、一蔵ははしごで屋根に登ったようだ。

部屋の端から端へと縦横無尽《じゅうおうむじん》に逃げまわる一蔵を、千世が背後から捕まえた。すかさず一蔵を前に向かせると、千世が額を、人差し指でつよく弾く。それだけなのだが、銀杏《ぎんなん》が弾けたみたいな甲高《かんだか》い音がひびいて、小太りの一蔵がみごとにふっとんだ。

「いてぇえっ」

　額を指で弾かれた一蔵が、畳の上でもんどりうっている。

「出た、千世先生のおでこ鉄砲」

「あれは、そこいらの男師匠がやる折檻《せっかん》より、はるかに痛いんだぜ」

「くわばら、くわばら」

　まわりで見物していた子どもたちが、一様に身震いするなか、おでこ鉄砲なるお仕置きをした千世は、倒れ伏した一蔵を引き起こした。

「昨日も言いましたね。屋根から落ちでもしたら、一生残る怪我をするかもしれない。いえ、怪我どころか命を落とすことにだってなりかねません。留助にそそのかされたのですか」

　おでこをおさえた一蔵のかたわらで、昨日は拳固をくらっていた留助という子が、「おいら、そそのかしたりしてねぇよ」と、自分までおでこをおさえて弁解している。

　千世はうなずいた。

「わかりました。では、一蔵は昨日の留助へのお説教からは、なにも学ばなかったということですね」

もう一度おでこ鉄砲を見舞うべく、千世が人差し指を向けた途端、一蔵は悲鳴をあげてひれ伏した。

「ひぃ、ごめんなさい。もうしません。二度としません。すんませんでした」

「よろしい」

千世が手をひっこめた。二度目のおでこ鉄砲が未遂に終わり、周りで見守っていたほかの子どもたちが、ほうっと息をつく。それほどに、千世の仕置きは恐いものらしかった。

お説教がひと段落し、一蔵を机につかせると、千世は、ほかの子どもたちにも「あなたたちも手習いのつづきをなさい」とうながした。

子どもたちは、いそいそと各々の机に向かい、中断していた課題に取り掛かる。間もなく、子どもたちは目の前のことにのめり込み、先刻までの騒ぎが嘘のように、部屋の空気が張り詰めた。

襖越しにその様子を眺めていた平太もまた、前のめりになる。

いったい、子どもたちはどんな手習いをしているのか。なぜそこまで熱心になっているのか。鎌原村にいるときも手習いに没頭したことがあるし、純粋に気になって仕方なくなったのだ。すると、襖の陰から平太が覗いていることに気づいたのか、千世がおもむろに振り返る。

「平太」

切れ長の目が平太の姿をとらえる。いましがたのおでこ鉄砲を思い出し、平太はおもわず後ずさりした。

その様子を見て、千世は苦笑いする。お説教のときはまさしく鬼みたいな剣幕だが、普段のおだやかな顔に戻ると、うっとりするほど美しいのだ。

「起きたのなら、こちらへいらっしゃい。恐がらなくてもいいですよ、見境なくおでこ鉄砲などいたしませんから」

「………」

千世の言葉を受け、平太はおそるおそる襖を開け放ち、となりの手習い部屋へと踏み込んだ。

思い思いの姿で机に、かじりついていた子どもたち八人が、いっせいに平太のほうに視線を向けてくる。男の子六人と、女の子が二人だ。先ほど、おでこ鉄砲を見舞われていた一蔵は、平太とおなじくらいの年に見えた。

「あれ、見たことのない子だ」と言ったのは、ひとりの女の子だ。こちらも、七人のなかでは年上のほうで、平太よりもすこし年上といった印象だ。もうひとりの女の子は反対に一番幼く見えた。筆を握るのはまだ早いのか、お手玉で遊んでいる。年上の女の子が、幼いほうのそばについて面倒を見ているといった具合だ。男の子は、ひとりだけとびぬけて体の大きな男の子がひとりと、先ほどの一蔵と留助が十歳以上の年上組、ほかの三人の男の子が、まだ十歳に満たない年少組といったところだ。

「お前、いつここに来たの?」「なんて名前?」と、男の子たちがつぎつぎと問いかけてくるのだが、平太はもちろんこたえられない。

「この子は、平太というのですよ」

平太が無言のままでいると、千世が代わって筆子たちに告げる。

「これから、皆と一緒に手習いをすることになります。平太はいま口がきけないので、気遣ってあげてくださいね」

八人の子どもたちが「はぁい」といっせいにこたえたのち、それ以上は特段興味も示さず、各々目の前の課題に向き直った。

すこし身構えていた平太は、肩透かしをくわされる。

じつのところ、「どうして口がきけないのか」と、揶揄《やゆ》されるのではないかと怯えていた。だが、せせらぎ庵の筆子たちは、口をきかぬ子をからかうよりも、自分たちの課題に興味があるらしい。

手習いがよほど楽しいのだろうかと、平太はますます気になって仕方なくなる。

「平太、自由に見学して構いませんよ」

千世に言われ、平太はなるべく足音を立てぬよう机のそばに歩み寄り、子どもたちの手元をのぞきこんだ。

年上の女の子はあざやかな手つきで算盤をはじき、一蔵は猫やら鶏《にわとり》やらの絵を流暢《りゅうちょう》に描き、ひとりは平太には難解すぎる算術書を解いている。いまひとりは、漢字ばかりが並ぶ綴じ本を熱心に読んでいて、留助やほかの子たちが、やや不器用な手つきで、いろはを筆でなぞっていた。

平太が驚いたのは、皆が別々の課題をやっていることや、難しそうなことを平然とやってのけていることもだが、それよりも筆子たちの熱心さだったかもしれない。

このなかで、十一になる平太は年嵩のほうかもしれないし、鎌原村ではそれなりに手習いを受けたつもりだったが、そんな平太でも、できそうなものは、算盤か読書か、留助の手習いくらいに見えた。小柄な男の子が解いている算術書などは、見たところで到底わかりそうもなかった。

「なにかしたいことはありますか？」

おもむろに千世が問うてくる。

我に返った平太は、おもわず千世の顔を見返した。

「皆と同じでなくともよいのです。あなたがやりたいことがあれば、わたしができるだけ手助けしますよ」

「………」

平太はこたえに惑ってしまう。

これまで教わった手習いは、師匠から課題を押し付けられるばかりで、己でやりたいことを選ばせてもらったことなどないし、そういうものだと信じて疑ってこなかった。だから、口がきけなくなったあと、筆子たちでいっせいに教本の朗読をさせられたり、唄を歌ったりするときなどは、

「口がきけねぇ平太はいてもいなくても同じだ」

「手習いしたって無駄じゃねぇのか」

などと、からかわれたものだった。

苦いできごとを思い出しながらも、平太は、おそるおそる留助のほうを指さし

た。

　千世はうなずいた。

「よろしいでしょう、好きなところにお座りなさい」

　言い置くと千世は立ち上がり、部屋の隅にある戸棚から硯《すずり》と墨と筆、数枚の半紙など一式を取り出し、留助のとなりに座った平太のところまで持ってくる。

「平太の年ならば、いろははは一通り書けるかもしれませんし、漢字をすこしずつ習ってみませんか」

　そう言って千世は、墨を磨りおえると、千世自らがいくつかの文字を手本としてしたためた。線が細く滑らかで、じつに美しい字に見えた。

「見本の上からでよいので、まずはなぞって書いてみなさい。焦《あせ》らずともいいのです」

　鬼千世というから、よほど厳しい指導が待っているのかと思いきや、おもいのほか優しく促され、平太はすこしほっとした。

「いまはまず、やれることを習ってみましょう。ほんとうにやりたいことは、ゆっくり見つけていけばいいのですよ」

　諭《さと》されながら、平太はまたもや戸惑ってしまった。

なにができるのかではなく、なにがしたいのか。そんなことを問われるとは思ってもみなかったのだ。だからこそ、どうしたらよいかわからなく、体が動かない。しばし手を止めていると、千世に「これ」とたしなめられ、あわてて筆を動かした。

ぎこちない手つきだが、なめらかで美しい文字をなぞるのは、とても心地が良い。

いつのまにか平太も、手習いに没頭しはじめた。筆を握るのも、墨の匂いを嗅ぐのも久しぶりだ。声が出なくなってしばらくして、手習いはやめてしまったからだ。ましてや、ここ最近は、村を出るための支度や、江戸までの長旅など、忙《せわ》しない日々で心も落ち着かず、手習いを再開できる日が来るなど想像もしていなかった。だが、こうして机に向かっていると、かつては学ぶことが好きだったことを思い出す。

文字をなぞりつづける平太のかたわらで、千世がかすかにほほえんだが、すっかりのめり込んでしまった平太は、それに気づかなかった。

せせらぎ庵での一日は、あっという間に過ぎる。

手習い所の一日は、だいたいつぎの通りだ。朝餉《あさげ》を終えるとちらほらと筆子がやってきて、正午まで机上での課題に取り組む。昼餉《ひるげ》のために筆子はいったん帰宅し、食事をすませてからふたたびやってくる。午後は、朝の課題のやり残しや読書をしたり、庭で遊んだりして、夕刻前には帰っていく。

筆子たちが帰ったあと、師匠である千世は、翌日に使う課題の見本を作ったり、漢書や算術書を選んだり、消耗していく道具を揃えたりと、やることはかなり多い。

夜は夜で、灯火を点しつつ、自分のための読書や手習いを遅くまでしているのだから、休む暇もないといった様子だ。

これに平太の世話が加わるとなれば、当の居候《いそうろう》もすこし気が咎《とが》める——はずなのだが、そこはさすが鬼千世さまだ。

「いいですか平太」

一日目の夜。就寝前に、自分の部屋に平太を呼んだ千世は、いつも通り姿勢よく正座をしながら、同じくしゃちほこばって正座をする平太に申しつけた。

「働かざる者、食うべからずです。うちで寝起きをして食事をするからには、それなりに働いてもらわねばなりません。これからは、始業前の門前の掃き掃除、くわえて水汲《く》みと手習い部屋の掃除、それとお遣いなどは、あなたにやってもらいます。様子を見て、すこしずつ用事を増やしますから、そのつもりで」

口がきけないからといって、浅間押しの子だからといって、千世は平太を甘やかすつもりはないらしい。「居候するからには働け」と堂々と言われると、かえってすがすがしく、引け目も感じずにすむので、平太にはむしろありがたかった。

だが、それでも気になるのは、手習いにかかる月謝のことだった。

手習いも商売であるから、千世は、通ってくる子どもたちの親から月謝を受け取っているはずだ。鎌原村を出てからは、根岸鎮衛に世話になってきたので、平太には手持ちの金などない。千世は、ただで平太を教えてくれるつもりだろうか。

居心地悪そうに、平太が正座で痺《しび》れた足を動かしていると、

「気遣いは無用です」

千世はこともなげに言った。

「あなたの月謝なら、根岸さまが立て替えてくださるそうですよ。かかった月謝はわたしがしっかり帳面につけて、あの方に請求します。いずれあなたが大人に

なって稼ぐことができるようになったら、少しずつ、お返しなさい」

平太は、足の痺れも忘れ、両手をついて頭を深々と下げた。

昨晩、そんなやり取りがあり、二日目の朝、平太はさっそく門前の掃除に取り掛かっていた。門といっても丸竹造りの小さな枝折戸《しおりど》だが、「働かざる者、食うべからず」と胸中で念じながら、気合を入れて門前の塵《ちり》を掃《は》いていく。家の前を綺麗にしておけば、せせらぎ庵の評判も悪いものにはならないだろう、という思いもあった。

門前の掃除につづき、庭に入って雑草を抜いたり落ち葉を除いたりしてから、今日も通ってくるであろう筆子たちを出迎えるべく門を開けはなつ。

平太が家のなかに戻りかけたところ、おもての通りを、丸々とした男の子が歩いてくるのが見えた。一蔵だ。晴れ渡った空を見上げ、なにかを口のなかでつぶやきながら、せせらぎ庵まで辿り着く。

「平ちゃん、おはよう」

門に入ったところで平太の姿を見つけ、一蔵が声をかけてくる。

平太は挨拶のかわりに、腰を直角に曲げて頭を下げた。頬がすこし緩《ゆる》んでしまうのは、「平ちゃん」と気軽に呼んでもらえたことが嬉しかったからだ。

ところが、当の一蔵は、あまり表情が晴れない。せせらぎ庵の屋根をちらと見上げてから、深いため息をついた。

昨日、屋根に登って千世に厳しく怒られたことを、いまだ気にしているのだろうか。平太が心配そうに顔をのぞきこむと、一蔵は、まん丸い顔に笑みをたたえ、

「大丈夫、もう登らないよ」

と、あえて明るくふるまう。

おはようございますと元気よく挨拶《あいさつ》し、手習い部屋に入っていく一蔵を見送りながらも、なにか心に引っかかるものを感じる平太だった。

平太が朝に感じた気がかりが的中したのは、午前中の手習いをおえた筆子たちが、家で昼餉をすませ、ふたたび通ってくる刻限になる頃だった。

ちょうど一服をしていた、近所の職人やらおかみさん連中やらが、

「おやおや、今日もまた鬼千世さまが暴れていらっしゃるぜ」

「今度は、子どもたちがどんな悪戯《いたずら》をしたものだろうね」

などと、一蔵を門の外に追い出した千世の姿を遠目で眺めながら、楽しそうに

口々に言い合っている。

昼を摂ったあと、外へお遣いに出ていた平太が帰宅したところ、ちょうどその場に出くわした。

強烈なおでこ鉄砲をくらった一蔵が、門前に跪《ひざまず》き、泣きながら頭を下げている。いっぽう、その一蔵の前で仁王立ちしている千世の姿をみとめ、なにごとが起こったかすぐに察した。

――また、一蔵が屋根に登ったに違いない。

朝方、一蔵がしきりと屋根を見上げていたことを、平太は思い出していた。そして、どうしてそのときに、一蔵に理由を聞いてあげられなかったのだろうかと、後悔の念を覚えた。自分が声をあげられないことが、いまほど悔しいと思ったことはなかった。

立ちつくす平太の目の前で、仁王立ちした千世が、一蔵に向かって怒声をあげる。

「二度と屋根には登らないと、昨日あなたは言いましたね。それが、この始末。しかも梯子から足をふみはずして落ちたのですよ。よほどのわけがあって登ったのでしょうが、打ち所が悪ければ死んでいたかもしれない。どれだけ危ないことをしたのか、わかっているのですか。それとも、わたしの言葉がわからなかったのですか」

「いえ、違います、わかってます」

「では、なぜ登ったのですか」

「………」

「言えないのですか。残念です。あなたが、ここまで愚《おろ》かだとは思いませんでしたよ」

「もうしませんから」と泣いて謝る一蔵を、冷たいまなざしで一瞥してから、

「わたしの言うことが聞けないのなら、午後の手習いは受けなくてよろしい。明日からだって通って来なくても構わないのですよ。いますぐ家にお帰りなさい」

冷たい言葉を残し、千世は門の奥へと消えていく。

一部始終を見ていた平太は、千世に「待ってください」と言いたかったし、泣きじゃくる一蔵を慰《なぐさ》めもしたかった。だが、言葉を発することができず、おろおろとするばかりだ。平太は、お遣いものを玄関にほうりこんだあと、泣きながら帰路につく一蔵を追いかける。

声をかけるかわりに平太は、一蔵の着物の袖を力いっぱい引いた。すると一蔵

は、鼻をすすりながらも照れくさそうに笑い、「また、やっちまった」とつぶやいた。

ふたりは道すがら、大きな構えの搗米屋《つきまい》裏にある、お稲荷《いなり》さんの前に座り込んだ。

「おもての搗米屋は親戚のうちでさ、おいら、昔からこの裏で遊んでたんだ」

秘密の遊び場に座り込み、一蔵は、平太があえて問わずとも、ことの顚末《てんまつ》を語りはじめた。誰かに言わずにはいられなかったのかもしれない。

「一昨日、屋根に登った留ちゃんが、あすこから富士山が見えるって言っていたじゃないか」

平太は黙ってうなずいた。せせらぎ庵にやってきた最初の日、屋根に登って怒られた留助が、たしかにそんなことを言っていた。

「屋根の上から見た富士山は、どんなだろうと思って、気持ちをおさえられなくて、おいらも登ってみたんだけど。ねぇ、いったいどんな景色だったと思う？」

わからない、と平太は首をひねってみせた。

「そこから見えたのは、思い描いていたよりも、ずっとずっと綺麗な景色でさ。お武家さまのお屋敷の屋根とか、お城とかが、目の前にわぁっと広がっていて、その向こうに、雲ひとつかかっていない富士山が堂々と立っていたんだ。おいら泣けるほど感動した。そして、あそこから見た富士山を、絵に描いてみたいと思っちまった」

そういうことだったのかと平太は合点した。

一蔵は、絵が得意で、絵を描くことが楽しいのだと、一心不乱に筆を動かす昨日の手習いの様子を見て気づいていた。だから一蔵は、どうしても屋根の上から見た富士山を描きたくなり、描く前に、せめてもう一度見ておきたいと、気持ちがおさえられず、ふたたび屋根に登ってしまったのだろう。

「おいら、もう十二になるんだ。秋になったら手習いをやめて、奉公にあがらなけりゃならない。おいらはまだ遅いほうさ。近所の子のほとんどは、十を過ぎたらみんな奉公に出されてる」

奉公にあがる前、手習い所にいるうちに、富士山の絵を仕上げたかったのだと一蔵は語る。ゆえに、怒られるのを覚悟で屋根に登ったのだと。

平太も十一歳だ。年が近い一蔵の話は身につまされた。もともと上州の百姓の子で、自分も家を継いで田畑を耕していくのだろうと信じて疑ってこなかったし、口がきけなくなったいまでは、奉公に出ることもままならない。自分はどうなってしまうのだろうと、急に心細くなった。

　きっと一蔵も心細いのだろうと、平太は話に耳を傾ける。

「おいらには絵しかないんだ。ほかの手習い所に通ったこともあるけど、ほかの子の算盤や読み書きにはついていけねぇし、ばかにされるし。でも、せせらぎ庵では、絵だけ描いていてもいいって言われたんで、どうにか通いつづけられた。奉公先が決まったのも、千世先生のおかげなんだぜ。浮世絵の摺師《すりし》のところに、下働きに入れることになったんだ。絵にかかわることなら、おいらだって勤まるかもしれない。色々教えてもらって、いつか立派な摺師になりてぇんだ」

　夢を語る一蔵の丸い顔は、太陽のごとく赤く染まっていた。だが、怒られたことを思い出したのか。表情の明るさはたちまちしぼんでいき、しゅんとうなだれてしまう。

「……でも、千世先生をあんなに怒らせたんだから、奉公の話もなしになっちまうかもしれねぇ。そうなったら、もう行くところなんかないよ」

　かぶりを振りながら、平太は立ち上がり、一蔵の腕を引っ張った。このままにしておけないと思ったし、きちんと千世にわけを話し、許してもらったほうがいいとも思ったからだ。

気持ちが伝わったのか、腕を引かれて立ち上がった一蔵は、鼻をすすりながら問いかけてくる。

「……せせらぎ庵に戻ったほうがいいかな、平ちゃん？」

気弱そうに問いかけてくる一蔵に向かって、平太ははげしくうなずいた。

「わけを話せば、千世先生も許してくれるかな」

「…………」

「許してくれるかもだけど、また、おでこ鉄砲をくらうかもな」

「…………」

「あれ、痛ぇんだよなぁ」

おでこを手で押さえた一蔵だったが、しばらく考え込んだすえ、「よし」と、覚悟を決めた。

「戻ってみるよ。そして千世先生に詫《わ》びを入れてみる。手習いをやめる前に、せせらぎ庵の屋根から見た富士山を描きたかったんだって話してみる。二度と危ないことはしねぇと言ってみる。おでこ鉄砲は我慢する。薙刀でも叩かれるかもだけど、それも我慢する。屋根から落ちて死ぬよかは、マシだろうからさ」

一蔵の物言いに、平太はおもわず笑っていた。

つられて一蔵も笑う。

もと来た道を戻りながら、平太は、自分も一蔵と一緒に頭を下げてみようと、心に決めていた。

こうして、せせらぎ庵に戻ったあと――。

平太は、はじめて鬼千世さまのおでこ鉄砲をくらい、畳の上に突《つ》っ伏《ぷ》した。ほかの筆子たちが恐れおののくのはもっともで、それは、おでこが割れるのではないかと思うほど痛かったのだ。

となりで、おなじくもんどり打っている一蔵だが、それでも嬉しそうに泣き笑いをしている。

一蔵はすぐに屋根に登ったわけを話さなかったこと。平太はお遣いのあと無断で出かけたこと。それぞれの罰で、おでこ鉄砲の刑に処されたわけだが。

「話はわかりました」

一蔵の詫びを最後まで聞いた千世は、神妙な調子で言った。

「ただし、もうこんなことは、してはいけません。あなたの絵には力がある。腕をケガでもしてしまったら、二度と絵が描けなくなってしまいますからね」

千世の怒りが鎮まり、ほかの筆子たちも安心したらしかった。一蔵のことがあって気もそぞろだったのか、机に向かっても課題が手つかずだったが、やっと皆が筆を手にしはじめる。

「さぁ、話はこれまで。手習いを再開しましょう」

千世は、筆子たちに呼びかけ、平太と一蔵を机のほうへ追い立てる。

「一蔵は、屋根から見た富士山の景色を目に焼きつけましたね。二度も登ったのだから十分でしょう。ここをやめる前に、わたしをあっと驚かせるほどの絵を描いてみせてくださいね。それができれば、奉公先の人も、きっと一目置いてくれるはずですよ」

「わかった。おいら、頑張って仕上げます」

「そうしてください。平太のほうは、朝のつづきですね。あとは今月のうちに、やりたいことを見つけること。さぁ、時があまりないですよ。急いで急いで」

ひと騒動があって、午後もだいぶ過ぎてしまっていた。

時を取り戻すべく、筆子たちは各々、自分たちの手習いに取り組みはじめた。

せせらぎ庵にやってきて数日。平太にも少しずつわかってきたことがある。

それは、子どもたちは一見呑気《のんき》そうに見えて、じつは、そうでもないということだ。

男の子は十を過ぎれば奉公にあがる話がのぼるし、女の子は嫁入りを見越して、手習いよりも行儀見習いを優先させはじめる。やりたいことに懸命に向き合えるのは、わずかな間しかないのかもしれなかった。

ゆえにせせらぎ庵の筆子たちは、毎日、習いごとに熱を傾けている。ときに熱心が過ぎて周りが見えなくなることもあり、悪戯《いたずら》をして叱られることもあり、子どもどうし喧嘩《けんか》をすることもあったが、それでも毎日が楽しそうだ。千世のことを、恐いだの鬼だのと言いながらも、やりたいことの後押しをしてくれる師匠を、慕《した》ってもいるかにも見えた。

そんな子どもたちがまわりにいるなか、平太は、ふと迷いをおぼえることがあった。それは、

――なぜ、自分はここにいるのだろうか。

――呑気に手習いなどしていてよいのだろうか。

という思いだった。

千世は平太に、ほかの筆子とおなじく、やりたいことをやってよいと言ってくれる。ありがたい話だった。だが、はたして自分にそんなことが許されるのか、

という後ろめたさが、どうしても拭《ぬぐ》い切れなかった。

近ごろ、生まれ育った鎌原村のことをよく夢に見るのだ。浅間山が真っ赤な炎を噴《ふ》いたときのことも、河口から真っ黒な熱い土砂が流れてきたことも。それが、あっという間に村中をおおいつくしたことも。多くの村人が、火砕流に飲み込まれて帰らぬ人となったことも。すこしずつ遠のいていたはずの四年前の思い出が、いまになって、まざまざとよみがえってくる。

そこで否応なく思い出してしまうのが、妹のことだった。

当時はたった四つの——ひとりきりの妹だった。

火砕流が村に流れ込んできたとき、平太は妹の手を取って一緒に逃げていた。だが、逃げまどううちに、その手を放してしまった。おなじく生き残った村人にも尋ねたが、誰も行方はわからない。しばらくは近隣を探し歩いたものの、けっきょくは見つからず。両親ともども、火砕流に飲み込まれて埋まってしまったのだろうと、探すことも諦め、いままではあまり当時のことを思い出さないようにもしていた。

そんな自分が、村の立て直しも手伝わず、忌《い》まわしい記憶から逃げて、江戸で手習いなんかをやっている。こんなことが許されるのだろうか。

手習いをしていると、ときどき後ろめたさが頭をかすめ、漢字の手本をなぞる手が止まった。

「どうしました、平太」

すっかり気もそぞろになっていた平太に気づいたのか、千世が問いかけてくる。平太は顔をあげることができなかった。筆を持つ手が震《ふる》えていた。

その様子を見た千世が、

「疲れたのなら、休んでいてもよいですよ」

と気を利かせてくれるが、平太はかぶりを振って、それを断る。千世に気遣われるのがつらかった。ほうっておいて欲しいと思った。自分は、やりたいことなど、してもよい人間ではないとも思えた。

千世に、平太の気持ちがわかったのかどうか。

うっすらと目を細めた千世が、なにかを言いかけたときだった。

筆子たちの熱に満ちていた部屋の空気が、突如破られた。

障子越しに、玄関の戸がいきおいよく開けられる、けたたましい音が聞こえてきたのだ。ついで、床を踏みしめる重い足音が数歩つづき、直後、ひとりの男の子が手習い部屋に踏み込んでくる。

「房吉《ふさきち》？」

入ってきたのは、背は高いが、瘦《や》せぎすの男の子だった。部屋にあらわれたその男の子——房吉の姿を見て、千世が腰を上げる。

「房吉、久しぶりですね。今日は手習いに来てくれたのですね」

「ふん」

出迎えた千世を軽くあしらっておいてから、房吉は、わざわざ女の子たちが座る机に陣取り、机の上にあった算盤を手で払い飛ばした。

手習いに熱が入っていた場の空気に、急に緊張がはらんだ。そのなかで、千世がいつもと変わらぬ口調で房吉をたしなめた。

「房吉、空いている机はほかにもあるでしょう」

「おれぁ、ここがいいんだい」

「あらそう。では、おみえ、おはつ、こちらへいらっしゃい」

おみえと呼ばれた年上の女の子と、おはつという幼少の女の子が、ふたりとも平太のとなりに移ってきた。

舌打ちをした房吉が、ふと、おみえのとなりにいる平太に目を留める。瘦せぎすの顔をおもいきりしかめた。

「そいつは誰だ」

指さした先にいたのは、もちろん新参者の平太だ。

席を移ったおみえにあらためて教本を手渡しながら、千世が顔も向けずにこたえる。

「平太ですよ。一昨日《おととい》から、ここの筆子のひとりです」

「おれは聞いてねぇぞ」

「あなたが来る前に、ほかの皆には言いましたよ。一昨日あなたに言えなかったのは、あなたが五日も休んでいたからです。いま、たしかにあなたにも言いました。房吉も、仲良くしてやってくださいね」

ちっと舌打ちしてから、房吉は自分の前にある机を足で蹴り飛ばした。

「なんでおれから仲良くしやらなきゃならねぇんだよ。おい、てめぇ、千世先生じゃなくて、自分で名乗れねぇのかよ。平太っていうつまらないもんですが、仲良くしてくださいってな。頭を下げやがれ。いい年して、そんなこともできねぇのか？」

「…………」

房吉は、おそらく平太よりすこし年上の、十二、三歳くらいだろう。年嵩であることからも、自分のほうが、ほかの子たちよりも、立場が上だと思っているのかもしれない。

平太は、房吉の小さな心と、年上であることにすがるしかない孤独を感じ取った。自分とはまた別の孤独だ。だから、なるべくそれらを刺激せぬために、黙ってうつむくことしかできなかった。言い訳や弁解ができないのならば、敵意がないことを示すために、肩をすぼめて見せるしかない。口がきけなくなってから、平太が身につけた処世術だった。

だが、その態度がよけいに癇《かん》に障《さわ》ったのか、はたまた無視をされたと思ったのか。立ち上がった房吉は自分の机をひとまたぎし、平太の目の前まで迫ってくる。

「やいてめぇ、知らんぷりかよ。いい度胸じゃねぇか」

平太が顔をあげられないでいると、おみえとおはつを見ていた千世が、いよいよ顔をあげた。

「いい加減になさい、房吉」

「そうよ。平太ちゃんは口がきけないのよ」

先ほど手習いの邪魔をされたおみえが、千世につづいて声をあげる。平太をかばうつもりだったろうが、却《かえ》って、その言葉が房吉の興味を引いてしまった。

新参者が言葉を発することができないと知った房吉は、当の平太のことを、頭から見下して全身を眺めまわしはじめる。

「へぇ、こいつ口がきけねぇのか」

房吉の言葉に嘲《あざけ》りが混じるのを感じ取って、平太はますます萎縮《いしゆく》する。かつて村の手習い所で、からかわれ、仲間はずれにされたことを、いやでも思い出してしまう。冷たい汗が、手のひらや脇に滲《にじ》んでくるのを感じた。

「そうかい、そうかい」

「なによ、そうかいって」

「べつに、おみえには関わりのないこった、気易く話しかけるんじゃねぇ」

「なによ、ばか」と、おみえが泣きべそをかきながらこたえたあと、重苦しい空気に包まれたまま、手習いがつづいていった。

平太もまた緊張し通しだった。その日の手習いの間中、房吉の敵意をはらんだまなざしが、始終自分に注がれているのを感じていたからだ。

――せせらぎ庵で、自分のやりたいことが見つけられるだろうか。

――生まれ育った村を捨てた自分が、手習いなんかやっていていいのだろうか。

房吉があらわれたことによって、その思いはますますつよくなる。これから自分はどうしていくのか。平太はふたたび惑いのなかにいた。

一蔵の騒動があり、房吉との出会いがあって、すこし緊張をはらんだ日々が過ぎた。

この日、筆子たちが帰宅したのち、千世から水汲みを言い渡された平太は、庭先の井戸で水を汲み、勝手口にある水甕《みずがめ》に水を溜めていた。井戸と甕とのあいだを三度ほど行き来したあと、つぎに手習い部屋の掃除を命じられる。その次は夕餉の支度の手伝いだ。

「働かざるもの、食うべからず、ですからね」

自らも道具の点検をしながら、決まり文句を言う千世である。しかも日を追うごとに、申しつける用事がすこしずつ増えていくようだ。それでも、いまの平太には、まるで遠慮のない言いつけのほうが有り難かった。誰に対しても変わらぬ態度、房吉との一件があったあとも、腫《は》れ物に触れるような素振りもみせない、いつも通りの「鬼千世」でいてくれたほうが、平太も平静でいられる気がした。

くわえて、忙しければ余計なことを考えずにすむ。

悩みは多くとも、十一歳の元気盛りだ。水汲みも、片づけも、夕餉の支度も、言いつけられた端から身軽にこなしていった。

用事をつぎつぎと片づける平太を横目で見ながら、台所で汁物に入れる菜を刻みながら、千世は言う。

「平太、もう一度だけ、水を汲んできてくれますか」

千世に命じられ、竈《かまど》に薪《たきぎ》をくべていた平太は、すぐにおもてへ飛び出した。さして時間もかからず井戸から舞い戻ると、甕に水をなみなみと注ぐ。

それを見届けた千世が、「ありがとう」と言ったあと、ふとため息をついた。

「じつは、おみえがねぇ……」

おみえの名が千世の口からこぼれると、平太の頭にも、今日の手習いの様子が思い出される。房吉に心ない言葉を投げられたり、ちょっかいを出されたりして、手習いのあいだじゅうずっと泣きべそをかいていた。かわいそうにと思いながらも、平太はかける言葉をもたない。だからこそ余計に気になっていたところだ。

「おみえが、帰り際に言うのですよ」

一日の手習いが終わり、筆子たちが帰っていくなか、最後まで居残っていたおみえが、玄関で千世となにかを話し合っているのを平太も見かけていた。そのときのことだろうかと、すこしいやな予感を覚える。

「手習い所をやめたいと言うの。房吉がいるかぎり、もうここへは来たくないのだそうです」

「…………！」

水甕の蓋を乱暴に置いてから、平太は千世のかたわらに詰め寄り、たすき掛けにしていた袖の端をおもいきり引っ張っていた。その態度に驚いたのか、千世はかるく目をみはってから、ふたたびため息をつく。

「包丁を持っているときに、袖を引っ張ったりしたらあぶないでしょう」

「…………」

「取り乱していますね。平太、あなた、おみえが手習いをやめることはない、房吉をやめさせればいいと思っているでしょう？」

力づよく平太がうなずいてみせると、千世は弱々しい笑い声を立てたあと、すぐに神妙な表情になり、包丁を置いてから平太のほうに向き直った。

「でも、それは筋が違うのではないかしら」

首をかしげる平太を見て、千世はつづけた。

「手習いは強要ではありません。おみえがやめたいと言うのなら無理に引き留めることはできないし、おみえのために、わたしから房吉をやめさせるというのも、また違うのではないかしら。もし、あなたが口をきかないのが不快だから、ほかの子が、あなたの手習いをやめさせろといったらどうします。わたしは、決してそんなことはしませんよ。それと同じです」

千世が落ち着いた声で、かつ噛《か》み砕いて説明してくれるので、頭に血が上っていた平太もすこし冷静になることができた。

頭が冷えてくると、千世の言葉はもっともだと思える。

間口が広く、望めば受け容れてくれる、鬼千世のせせらぎ庵。

師匠の千世は厳しいながらも、どんな子でも分け隔《へだ》てなく、子どもたちのやりたいこと、得意なことを見出し、教えてくれる人なのだと、たった三日のあいだ手ほどきを受けただけでも、平太にはわかっていた。

だからこそ、一蔵のように、よその手習い所でつまはじきにされた子でも、通いつづけられるのだろうと。

それは平太にとっても安心できることであり、また、もどかしいことでもあった。

なぜなら、房吉は、あきらかに手習い所の和を乱している。あきらかに他人に迷惑をかけているのに、通いたいと言いつづければ、拒《こば》むことはできないのだろうか。そのせいで、まともに手習いをしたいという、ほかの子たちがいやな思いをしてもいいというのだろうか。傷ついてもいいというのだろうか。それはまた、違う気がしていた。そんなことを許していたら、おみえばかりではなく、いつかは房吉のほか、全員が手習いをやめてしまうのではないかという気掛かりもあった。

「平太が考えていることは、わかっているつもりですよ」

千世がふいに手を伸ばし、平太の頭に手を置いた。

おでこ鉄砲でも見舞われるのかと身構えたが、予想に反し、千世は、平太の頭を優しく撫でてくれる。

久しぶりに感じる人肌の優しさに、平太はうろたえ、身動きができなくなってしまった。

「わたしだって、おみえにやめてほしくありません。けれど、すこし乱暴な振舞いをするからといって、房吉を追い出したら、あの子はこれからどこへ行くというのでしょう」

どちらにもやめてほしくないし、やめさせたくない、というのが千世の正直な思いだろう。

平太にもよくわかった。

「房吉が行いを改めて、ほかの子たちとも、仲良くできたらよいのですけどね。もちろん、あの子に行いを改めさせるのは、世の大人たちであり、手習い師匠のわたしのつとめでもあるわけですが」

自分に力がないばかりに、子どもたちにも無理を強《し》いてしまいますね、と千世は、すこし悔しげだ。

「じつはね。房吉は、あなたが来るほんのひと月前に、うちに通いはじめた子なのです。あなたのつぎに新参というわけですね。だから、まだまだ、あの子がほんとうに望んでいることが何なのか、やりたいことは何であるのか、どうしてああした態度を取るのか、わからないことがたくさんあるのです」

だから、あの子のことをもっと知らなければ、と千世は語る。

「まずは、おみえがやめることのないよう説得してみましょう。房吉のほうもね。あの子は何が不満で、他人を責めるのか。じっくり話し合ってみなければならない。わたしは、ふたりとも手習いに通いつづけられることを、まだ諦めるつもりはありません」

千世はそうしめくくると、平太の頭から手をはずし、煮こぼれそうになっていた汁物の鍋を竈からはずした。そして、まな板の上に置いた鍋に手早く菜をいれると、襷をほどいていく。

「さぁ、できました。夕餉にしましょう」

平太がせせらぎ庵に来てから、三日目の夕餉となった。

朝は、早起きした千世が先に食べ終えているし、昼は、朝のうちに千世が握っておいてくれた握り飯をひとりで食べている。

ふたりでゆっくり食事を取るのは、夕餉だけだった。

だから、こうして差し向かいで膳を取ることに、平太はまだ慣れない。

いや、鎌原村を焼けだされてからの四年間、食事のあいだはずっと緊張し通しだったかもしれなかった。親と妹を失い、家族ではない人たちとものを食べることは、ことさら気を遣い、なにを食べたのか、美味《おい》しかったのか不味《まず》かったのかさえも、考える余裕すらなかったかに思えるのだ。

いつかは、千世とともに食事をすることに慣れるだろうか。あるいは、そうなる前に、手習いなどやめて出て行くべきなのかどうか。

緊張や不安のせいで、箸を握る手を震わせていると、それを見た千世が、改まって詫びを申し出る。

「こんな話をしてしまってすみません」

平太はかぶりを振ってみせたが、千世はなおもつづける。

「教え子に、しかも江戸に来たばかりのあなたに、愚痴《ぐち》などをこぼすべきではありませんでした。手習い師匠として、まだまだ未熟である証《あかし》ですね」

「…………」

返事をするかわりに、平太は、千世がよそってくれた飯をいきおいよく食べ進めた。おかわりもした。これ以上の気遣いを拒《こば》むためと、自分は何でもないことを装《よそお》うためでもあった。

その様子を見てから、千世も黙って残りの膳に手をつけはじめた。

おみえと房吉のことを話し合った晩の、あくる朝のことだ。

気に掛けていたことが、ほんとうに起こってしまった。

昨日の帰り際、「手習いをやめたい」とこぼしていたおみえが、決まった刻限になっても、せせらぎ庵にあらわれなかったのだ。

「先の月に、房吉が通いはじめてからというもの、おみえちゃん、休みがちになったものな」

「昨日のあれで、とうとう嫌になったんだろう。気持ちもわからぁ」

一蔵と留助が、房吉が来ていないのをいいことに、ひそひそ話をしている。

朝餉のあと、手習い部屋の障子や襖を開け放ち、ついでかるく掃き掃除をしてから、早々に机についていた平太は、つぎつぎと通ってくる子どもたちの話を聞きながら、玄関のほうを何度もかえりみていた。すこし遅刻をしているだけで、いまに、おみえがやってくるのではないかと期待があってのことだ。

だが、手習いがはじまる頃になっても、おみえはやってこなかった。

「さぁ、今日も手習いをはじめましょう」

おみえのことには特段触れることなく、千世は、通ってきた子どもたちに、今日一日の課題をそれぞれ与えていく。

手習い見本を受け取りながら、一蔵が千世に尋ねた。

「千世先生、おみえちゃんを待たないの？」

「今日は来ないのかもしれませんね。皆、各々事情がありますから」

「房吉のせいじゃないのかい？　昨日、あんなふうにおみえちゃんを苛《いじ》めたから」

「さぁ、どうでしょうね。でも、このままお休みがつづくのであれば、わたしが、おみえの家に出向いて話をしてみます。さぁさぁ、人のことはいいですから、まずは、あなたがたの手習いに取り掛かりなさい」

「はぁい」

一蔵やほかの筆子たちがいっせいに返事をしたものの、平太もまた、おみえのことが気になって仕方がなかった。

今日は、おみえにたまたま用事があったたか、体の具合が悪かっただけかもしれない。だが昨日のこともある。おみえは千世に、「房吉がいるから手習いをやめたい」と相談を持ち掛けたのだ。千世も、ほかの筆子たちの手前、なにげなく振る舞ってはいるが、内心は気が気ではないだろう。

――おみえちゃん、ほんとうに、やめてしまうのだろうか。

千世が与えてくれた漢字の手本を横目に見つつ、平太は考えていた。

考えれば考えるほど、苛められた子が手習いをやめなければいけないことが、理不尽《りふじん》に思えた。平太自身、声が出せなくなってから、それを揶揄され、手習いをやめたことがあるからだ。自分が悪くはないはずだと思いながらも、屈してしまった。戦うことができなかった。悔しかったが、仕方がなかった。

おみえもいま悔しい思いをしているだろうか。

筆を握りしめながら、そんなことを思っていると、背後から、玄関の戸を開ける音が聞こえてくる。

もしや、おみえが通ってきたのだろうか。

墨を磨っていた手をとめ、平太はいきおいよく振り返った。机から立ち上がり、玄関先まで出迎えに行く。

ところが、開け放たれた玄関先に立っていたのは、おみえではなかった。

あらわれたのは、痩せぎすの男の子――房吉だ。ひとりではない。壮年くらいの男女ふたりを連れている。門の外では、ご近所さんが数人、何事かと覗き込んでいる様子も見えた。

「ちょいとごめんなさいよ」

「千世先生はいるかい」

房吉が連れてきた男女の言葉遣いは刺々《とげとげ》しく、すくなくとも他愛《たあい》ない世間話をしにきたわけではなさそうだ。

平太はおもわず立ち竦《すく》んでしまう。

そこへ、

「おや、いまは手習いの最中なのですが、いったい何の御用でしょうか」

と、千世もまた手習い部屋から出てくる。上がり框《がまち》に立ち、さりげない仕草《しぐさ》で、平太を自らの後ろに匿《かくま》った。

薙刀を持っていなくても、おでこ鉄砲の構えをしていなくとも、背が高く、やたらと姿勢がよい鬼千世さまは、立っているだけでなかなかの迫力だ。勢い込んできた男女も、すこし気勢を削《そ》がれた様子で、互いの顔を見合ったりしている。

千世が、訪問者のひとりに目を留めた。自分の教え子である、房吉の姿をみとめたのだ。

「おや房吉。今日も手習いに来てくれたのですね」

「……ちがわい」

「ちがう？　では、何をしに？　一緒にいらっしゃるのはたしか……」

ついで目を留めたのは、房吉の隣に立つ、三十くらいの痩せた女だった。鋭い目つきとこけた頬、前屈みの姿勢が、房吉にそっくりに見えた。

「つぎ、と申します。房吉の母親ですよ」

「あぁ、どこか見覚えがあると思ったら、おつぎさん。先月、房吉をここに預けにこられたとき、一度お会いしましたね。今日は、房吉を送り届けてくださったのですか。近ごろ、休みがちなので気にしていたのですよ。休みがつづくようなら、こちらから迎えに行かなければと思っていたところだったのですが。わざわざありがとうございます」

「今日の用向きは、そんなことじゃないんですよ」

「そんなことではない、とは？」

おつぎという母親の言葉に、千世は怪訝《けげん》そうに首をかしげた。

「うちは手習い所です。ほかにどんな御用がおありなのでしょうか」

「千世先生に、ちょいとお尋ねしたいことがありやしてね」

話に割って入ってきたのは、もうひとりの壮年の男だ。乱れた総髪頭で、こちらもずいぶんと痩せていた。「房吉の父親です」と名乗り、男は鋭い目つきを向けてくる。

それでも千世は堂々としたたたずまいを崩さなかった。

「尋ねたいこと……ですか。房吉を送り届けていらしたのなら、謹《つつし》んでお預かりしますが。ほかの話でしたら、手習いがすんだあとに、ゆっくりお聞きします。

ですから、ここはいったんお引き取りを」

「いますぐ話があるって言ってるだろう？」

房吉の母だというおつぎは、息子を下がらせておいて、自らが玄関の真ん中に立った。

その剣幕に驚いて、平太は千世の様子を窺《うかが》う。だが、迫られた当人は顔色ひとつ変えることはない。

千世がまったく動じた素振りもみせないので、おつぎは舌打ちし、草履履きのまま上がり框に片足を乗せる。

「なんとか言ったらどうなんだい。ええ？　もともと旗本の妻女だか何だか知らないけど、お高くとまりやがって」

「お高くとまっているつもりはございません」

「あんたみたいな高慢な鬼婆は、どうせ家の者に厄介がられて町屋に追い出されてきたんだろう。行くところがなくなって、仕方なく手習い所なんて開いて、子どもたちに適当なことを教えて小銭を稼いでいるってところか」

「なんと言われようと構いませんが、あなたがたの用というのが、子どもたちの学びを邪魔するほど大事なものとも思えません。もう一度申し上げます。どうぞお引き取りを」

「なんだってぇ？」

険《けん》のある目で、おつぎが睨《にら》みつけてくる。千世もまた、切れ長の目で相手のまなざしを受け止めていた。どちらも迫力があり、かたわらの平太が震えあがってしまうくらいだ。

だが、先に視線をはずしたのは、おつぎのほうだ。

恫喝《どうかつ》をやめて、作戦を変える腹づもりか。上がり框の奥に見える手習い部屋を覗き込みながら、「いったい、どの子だろうねぇ」などと、かたわらの夫をも巻き込んで煽ってみせた。

「こちらのせせらぎ庵に、『浅間押し』の子が通っていると噂《うわさ》を聞いたんですが、そりゃ、ほんとうのことですか」

「なんでしょう、それは？」

千世が問うと、今度は父親のほうが詰め寄ってくる。

「浅間押しだよ。知らねぇんですかい。浅間の噴火に遭って、生まれた村にいられなくなり、追い出されてきた人たちをそう呼ぶんだ。このせせらぎ庵にも、浅間の麓から江戸に逃げてきた子がいると、あんたがその子を預かっていると、房吉から聞いたもんでね」

　話を聞き、それまで動じなかった千世が、しばし押し黙る。

　その背後で、自分のことだ、と平太は身をすくませた。恐ろしくなって、おもわず千世の背中にしがみつく。それを目ざとく見つけたのが、おつぎだ。「おや？」と、千世の背後に隠れる平太を睨《にら》みつけると、父親のほうも、房吉も、いやな笑いを浮かべはじめた。

「おやおや、どうやらその子のことでしょうかね？　浅間押しの子どもというのは。ひと月前、せせらぎ庵を訪ねたときには、いなかった顔ですものねぇ」

「…………」

「どうなんです？　黙っていないで、さっさとこたえておくれよ、千世先生」

「たしかにこの子は、知人から預かった子です。四年前の噴火に遭ったことも聞いています。いまはわけあって、うちで預かっておりますが。それが房吉の手習いとどうかかわりがあるというのでしょうか」

　それが、あるんですよ、先生。と、おつぎは、わざとらしくため息をつきながらこたえた。

「先生だって江戸っ子なら知らないわけじゃないでしょう。あの噴火があってから、浅間の麓から逃げてきた人たちが、江戸の人たちに、どんなに迷惑をかけているか」

　おつぎは滔々《とうとう》と語りだす。

　四年前の浅間噴火のあと。生まれ育った村々を追い出された人たちが、つぎつぎと江戸に押し寄せた。あまりに不意に起こったことで、逃げるにも着の身着のまま、備えなどなにもない。蓄《たくわ》えもない。まさに命からがら、何も持たぬまま逃げてきた。そんな人たちが、見知らぬ土地ですぐに仕事を得られるわけでもなく、しばらくは施《ほどこ》しを頼りに暮らしていた。

「江戸の人たちだって、はじめは気の毒がって、逃げてきた人たちに施しをしていましたよ。でも、長引いてくると、施す側にだって負担になる。逆に、施しを受けている人たちは、それが当たり前になって、もっと施しを寄越せと言いはじめる。そうなりゃ町の厄介者だ。『浅間押し』だなんて呼ばれるんですよ」

「そういう話も、聞いたことはあります」

　千世が、いま住んでいる町内に手習い所を開いたのも、ちょうど四年前のことだ。

　いまの町屋を借りるときも、近所の事情を、大家に聞いていた。

町内でも、浅間噴火で焼け出された人たちが江戸にやってきて、裏長屋に住みついたことがある。大家も、はじめは人助けとして無償で住まわせていたが、逗留《とうりゅう》が長くなると、いつまでもそうはいっていられなくなり、家賃を取りはじめる。逃げてきた人たちは、いつかは生まれ育った村に帰るかもしれないから、まじめに働こうとしない。すると稼ぐ伝手《つて》がない。家賃も払えなくなるし、ひもじさに負けて、返す当てもないのに銭を借りる。銭が返せないとなると、ついには人様のものに手を出しはじめる。なかには盗みまで行う者もいて、町内でも、そんな人たちの扱いに困っていたのだ――と。

浅間押し、と呼ばれる人たちが全員、悪事をはたらいたわけではない。ほとんどの人たちが、施しを受けながらつつましく暮らしていた。その後、生まれ育った土地に帰った者もいるし、べつの町に移った者もいる。いまなお町に残っている人は、どうにか江戸で仕事にありつき、生計を立てられるようになった人と、その家族だけだ。その人たちも、二度と生まれ育った村に帰らないと、苦渋の決断をした人たちだろう。

噴火から四年が経ち、浅間押しの問題も町内で下火になりはじめ、近ごろは諍《いさか》いもなくなってきたが、町内の人たちにとって記憶はまだ新しいということだろうか。

おつぎたちが言うことも間違っているわけではない。それでも、千世は、やんわりと諭した。

「町内の事情はよくわかっています。ですが、この子は、信頼できる人から預かった子ですし、町内の皆さまに迷惑をかけることはないと思います。ましてや、房吉の手習いとは何のかかわりもないと……」

「とんでもない。重ねて言いますが、房吉とだって十分かかわりがあるってもんですよ。つまり、浅間押しの人間なんて信用ならないし、盗人なんかと、うちの房吉を一緒に手習いなんてさせられないってことなんですよ」

「盗人とは、誰のことを言っているのですか」

かすかに、千世の言葉遣いに厳しさが加わった。

だが、おつぎは、それに気づかない。いきおいに乗って、まくしたてた。

「決まってます。先生の後ろにいる、その子のことですよ。こう言っちゃなんだけど、浅間押しなんてものは、盗人か、ろくでなしか、どちらかじゃないんですか。うちの房吉だって、盗人なんかと一緒じゃろくに手習いができない。悪さばかり覚えさせられる。近所の人たちだって、町の治安によくないんじゃないかって、ずいぶんと気を揉《も》んでいるでしょうよ」

　おつぎの言葉を受け、房吉はにやにやと笑い、父親のほうも「おっかぁの言う通りだ」と追い討ちをかける。

　得意になったおつぎは、門の外で傍観している人々に聞こえるように、さらに声高《こわだか》に言った。

「しかもその子は、口がきけないっていうじゃないか。まったく気持ち悪いったらありゃしないよ。そのうち何をしでかすか。ほかの筆子たちだって、持ち物を盗まれたり、悪戯をされたり、怪我をさせられたりするかもしれない。筆子だけじゃないよ。町の人たちにだって、おなじことをするかもしれないじゃないか。あぁ、恐ろしいねぇ」

「…………」

「余計なお世話かもしれませんがね、千世先生。何かあってからじゃ遅いんです。あなたさまだって、ご近所から非難されますよ。そうなる前に、さっさとその子を追い出すべきじゃありませんか」

「…………」

　千世が口を閉ざしたままでいると、今度は、父親のほうが問い詰めてくる。

「なにを黙っているんだい。あくまで浅間押しを匿《かくま》うつもりなのかい。その子のせいで、周りにどんな迷惑がかかってもいいと？　うちの子がひどい目にあってもいいと？　もしそうなったら、詫び料でも出してもらわねばおさまらねぇぞ」

平太はおもわず耳をふさいでいた。

口がきけたのなら、叫んでいたかもしれない。

房吉の両親の言葉ひとつひとつが、体の芯《しん》に突き刺さってくる。

平太は立っているのがやっとだった。足から力が抜けて、その場に膝《ひざ》をつきそうになった。そうならなかったのは、千世が平太の肩に手をまわし、体を支えてくれたからだ。

泣きそうになって体を震わせる平太を、千世は片手でつよく抱きしめ、まなざしだけはおつぎたちに向けたまま、よく通る声で言った。

「お黙りなさい、痴《し》れ者が」

「痴れ者？」

手厳しいひと言に、おつぎたちは、はげしく瞬《まばた》きをした。

房吉もまた、ぽかんと口を開けて、堂々と立ちはだかる千世を見上げている。

そんな房吉一家の目の前で、千世は、玄関脇に立て掛けてあった竹箒《たけぼうき》を摑《つか》み取る。それを薙刀よろしく構えると、房吉一家に向けて突き出した。

「よくも、あることないことをつぎつぎと。聞くに堪《た》えません。あなたがたみたいに、他人を見下すことで自らの立場を保とうとする愚《おろ》かな人たちを、痴れ者というんですよ。わかりやすく言えば、弱い者苛めしかできない恥知らずです。それで金をせびろうとする浅ましい人たちのことです。あなたがたの話など、子どもの学びの時を割《さ》くほどの価値はないし、聞く意味もない。だから、黙りなさいと申し上げました」

「な……んだって？」

顔を真っ赤にして体を震わせるおつぎに対し、千世は竹箒の先を突きつけたまま言った。

「あなたがたが言う通り、平太は、浅間の麓から逃げてきた子です。噴火で生まれた村を一度は失った子です。そのときの心の傷で口もきけなくなりました。だからといって、どうして非難されるいわれがあるでしょう。あなたがたは、抗《あらが》う力を持たない子どもを吊るし上げ、浅間押しだと、盗人だと、言い立てる。そんな姿が、いまここにいる子どもたちや近所の人たちに、どう映っているか。よく思いを致したほうがよいのではありませんか」

「房吉」と、千世はつぎに、母親のかたわらに立っている房吉に目を向けた。

「あなたは、平太が口がきけないから、浅間押しだから、一緒に手習いをしたくないと親に告げ口したのですね。では、あなたは、子どもが学ぶ貴重な時を侵《おか》し、わざわざ大挙して押し寄せ、罪のない子どもを寄ってたかって苛める大人に、ものを学びたいというのですか」

「え……」

「それがいいのであれば、そうなさい。わたしが教えることはもうありません。二度とこちらに来なくてよいですよ」

「そ、それは……」

「そうでないのであれば、あなたは、誰に学びたいのか、誰に学ぶべきか、何を学びたいのか、もう一度よく考えるべきですね」

「これは、あなたのためでもあるのですよ」と手厳しく諭され、房吉は黙り込んでしまった。

そんな息子の姿を見て、おつぎは、怒りに震える声で返してくる。

「うちの子に余計なことを吹き込まないどくれ。あんたこそ、子どもに折檻《せっかん》をしたり、鬼千世なんて呼ばれたり、よくない噂ばかりじゃないか。数日前だって、客人を薙刀で追いかけまわしているところをこの目で見たよ。いまだってその箒でわたしたちを打とうしただろう。とんでもない手習い所だ。こんなことをされちゃ、詫び料を払ってもらわなきゃ済まないよ。その上で、あんたらの噂を町中に触れ回ってやる。せせらぎ庵に子どもを通わせないほうがいいと。鬼千世はすぐに手が出る乱暴者だと。浅間押しの盗人を匿っている悪党だと。子どもによからぬことばかり教えている、とんでもない鬼師匠だと」

さらに、おつぎが言葉を重ねようとしたときだ。

「千世先生は、そんなことしません！」

突如、これまで聞いたことのない甲高《かんだか》い声があがった。

誰が発したものか。千世も、房吉と両親も、視線をおよがせる。

「平太？」

声の主が誰か。気づいた千世は背後を振り返る。

喉元をおさえた平太は、身を乗り出し、おつぎたちに向かって叫んでいた。

「し、し、師匠は、千世先生は、薙刀をふりまわしても、子どもたちを傷つけるようなことはしません。子どもたちを守るために、薙刀をふるっているんです。悪いことなんて教えてない。鬼婆なんて、そんなこと決してないんです。ほ、ほんとうは、とても優しい人です！」

平太は、すぐに息が苦しくなって、いったん言葉をのみ込んだ。久しぶりに上げた声はひどくかすれ、ところどころ途切れたり、つっかえたりもした。けれども、ふたたび懸命に声を張り上げた。なりふりかまってなどいられなかった。

「な……何も知らないくせに。山から降ってきた火や石を浴びた人たちがどうなったか。熱い泥に埋もれた人たちがどんな最期だったか。ちっとも知らないくせに。おれたちが、どんな思いで江戸に逃げてきたか。逃げてきたって、生きて行くのがどれほど大変か。あなたたちにわかるんですか」

「平太……」

「盗みをした人たちは、たしかに悪者です。でも、浅間押しだと、何だと、あなたたちが追い詰めるから、盗みをしなけりゃならなくなったのかもしれない。千世先生は、それをわかってくれる。おれがそうならないように、教えてくれる。気づかさせてくれる。そのためにお仕置きをしたり、薙刀をふるったりするんです」

喚いたあと、平太は喉をおさえながら跪《ひざまず》いた。息苦しくて立っていられなかった。肩で大きく息をし、大粒の涙をこぼす。

息苦しさのなかで、平太は思い出していた。四年前、村に火砕流が流れてきて、幼い妹とはぐれたときのことを。

「兄ちゃん、何か流れてくるよ」

あの日、幼い妹は、田畑にふりそそいだ火山灰を取り除いていた平太に呼びかけてきた。灰の後始末に疲れ切っていた平太は、はじめ取り合わなかったが、背後から物々しい轟音《ごうおん》が迫って来るのを感じ、ことの大きさに気づいた。

近くを流れる川に、火砕流が流れ込み、あふれて村へと押し寄せてきたのだ。

逃げよう、と妹は叫んでいた。平太も逃げなければとすぐに腰を上げた。ふたりは手を取り合って、丘上にある寺へとつづく石段を駆けのぼった。

「兄ちゃん、兄ちゃん」

背後からは、待って、置いて行かないで、と妹の声がする。手を引いてはいたものの、幼い妹は石段を上がるのに苦労しているらしかった。だが、平太も自分のことで精いっぱいで、すっかり息もあがっていて、返事をしている余裕もなかった。

だが、つぎの瞬間のことだ。

「兄ちゃん！」

妹の割れんばかりの悲鳴が聞こえて、平太はやっと振り返った。そこで見たのは、妹の足元に黒い濁流が迫り、みるみるうちに膨れ上がり、そのまま小さな妹の体におおいかぶさってくるところだった。

つないでいた手は、いつの間にか引きはがされていた。

平太が、妹の名を呼ぶ暇もなかった。一瞬のうちに妹の姿は濁流に飲まれ、平太の目の前から消え去った。

妹を救えなかったこと、自分だけ助かってしまったことは、以後も平太の心に暗い影を落としつづける。それでも、よその村へ避難をしたり、復旧を手伝っているときは、生きることに精一いっぱいで、妹や両親のことをあまり思い出すこともなかった。しかし時が経ち、復旧がすこしずつ進み、鎌原村の跡地に村人がちらほらと戻り始めたとき、平太は、妹を救えなかったという、忌まわしい記憶と向き合わなければならなくなった。

しかし平太には、向き合う勇気がなかったのだ。

妹の手を放してしまったこと、名を呼ぶこともできなかったことが、あまりにつらくて、己を責め、忘れたいがあまりに声を失っていた。

そうだ。これが現実だ。このせせらぎ庵で、千世や筆子たちとかかわることで、やっとわかった。こんなにも息苦しいのも、喉がひどく痛むのも、目眩《めまい》をおぼえるのも、逃げずに向かい合っているからこそだった。

平太は涙を流しつづけた。

声を発することができた驚きと、千世を守りたいという焦りと、自分たち被災民を卑下《ひげ》された悔しさと。罪なくして死んでいかなければならなかった、かつて同じ村で暮らした人々のために泣いた。

「おれのことは何と言われたっていいんです。でも、住むところを失って、哀しみに暮れている人たち、苦しんでいる人たち、そんな人たちを、悪人だと決めつけるのはやめてください。浅間押しだなんて馬鹿にするのはやめてください」

手習い部屋から玄関をのぞいていたほかの筆子たちは、平太の剣幕につられたのか、筆や算盤を握ったまましゃくりあげていた。房吉も、房吉の両親も、返す言葉が見つからず立ちすくんでいる。

その場で千世だけがゆっくりと動き、跪く平太を抱き起こした。

「もういいのですよ、平太」

千世がおもいのほか優しくささやく。

「もういいのです。ひとりで苦しまなくていいのです。生きていてよいのです。やりたいことを、見つけたっていいんですよ」

だから、大丈夫。大丈夫。千世が優しく背中を撫でてくれる。優しい声が耳から沁み込み、平太の息づかいはしだいに楽になった。

「……おれは、生きていていいのだろうか」

生きて、この江戸で、手習いをしていいのだろうか。

懸命に学んで、やりたいことを見つけていいのだろうか。

妹は許してくれるだろうか。

さまざまな思いを巡らせながら、平太は、大きく深呼吸をした。

せせらぎ庵に平太を連れてきた日の夜。根岸鎮衛は酔いも手伝ってか、平太が生まれ育った村——鎌原村が、浅間山の噴火でどんな有様になったのかを訥々《とつとつ》と語った。

「浅間山の麓や火口に近い場所にあった村々は、いずれも惨憺《さんたん》たるありさまだった。なかでも鎌原村はひどかったよ。おれが到着してからも、村に降ってきた大きな石は、いまだ真っ赤に滾《たぎ》っていて、ひどい熱を持っていた。岩の割れ目からは硫黄《いおう》も噴き出していてね。あんなものが頭から降ってきたら、ひとたまりもあるまい。村の全体が、そんな岩石の混じった泥砂でおおわれていたんだ。足の踏み場もなかった。火砕流が固まったあとは、真っ黒な岩場みたいになって、まるで賽《さい》の河原だったたな」

鎌原村を見分した鎮衛は、重々しく話をつづける。

まず村内に九十三軒あった家は一軒残らず押し流された。五百九十七人いた村人のうち、生き残ったのは百人にも満たなかった。馬も二百頭いたのが、ほとんどが流され、残ったのは三十頭ほどだったという。

「生き残った者がいたとしても、田畑がやられてしまったのだから、生きる術《すべ》を奪われてしまったも同然だろう。村に住みつづけることもできず、まずは近隣の豪農に助けを求めた。我々も見分が終わるまでは、その家々で世話になったものだよ」

援助をした長者たちは、鎌原村の生き残りを幾人かに分けて引き取って養い、事態がいったん落ち着いた頃に、旧村の上に小屋を建てて村人たちを帰した。それからも、幕府の支援が届くまでは、自腹を切り援助をつづけたという。

それから、いよいよ本腰を入れた村の復旧が始まる。

村内で、火砕流があまり届かなかったわずかな場所を探し、あらたに田畑を耕し、細々と農作業をはじめていく。ついで、鎌原村で生き残った者どうし、新しい家族を作り、村に住みつづけることになった。旧鎌原村の敷地を見放し、幾人かに分かれ、それぞれ別の村に住みつく方法もあったのだが、鎌原の人たちは、自分たちの村で生きつづけることを選んだのだ。

これらは鎮衛たち幕府側が勧めたものではなく、生き残った鎌原の人たちが言い出したことだった。

妻を失った男には、夫を失った女を。また子どもを失った親には、親を失った子どもを。それぞれ逆もしかり。失った者どうしをあてがい、組み合わせ、新しい家族を作らせ、それらを軸に村に、家や田畑の復旧を進めた。

両親と妹とを失った平太も、この方針のなかで、妻と子を失った男、夫と子を失った女、その両者の子という立場におさまった。新しい家族を作り、鎌原村を蘇《よみがえ》らせて行くはずだった。

平太は、少しずつ復旧しつつある鎌原村で、懸命になって暮らしていた。わずかではあるが耕地は広がり、新しい父も母も、働き者で優しい人だった。平太を大事にしていたはずだ。村はまだ完全に蘇るにはほど遠いが、家族三人がどうにか暮らしていけるほどの生計は立てられていた。

だが、平太の心はいまだ噴火当時のまま、妹の手を放してしまったときのままだったのだろう。

傷ついた心を引きずって言葉を失い、やがて田畑にも出ず引きこもってしまった。

そんな平太を見かねて、鎮衛が村から連れ出そうと提案した。平太が弱っていくのを見るにしのびないと、新しい親たちも、すべてを鎮衛にまかせるとして、それを受け容《い》れた。

そして、平太は江戸に連れてこられ、千世に出会ったのだ――。

「……おれは、苦しかったんです。幸せな暮らしを送ることが」

房吉とその両親が帰った日の晩、言葉を取り戻した平太は、掠《かす》れた声で、ぽつり、ぽつり、と語り出す。

姿勢よく正座をした千世は、黙って話に耳を傾けている。

「村の人のほとんどが、あの真っ赤に燃えた岩石に押しつぶされ、熱せられた泥砂に埋もれて息絶えたのに。生き残った者は、その人たちが埋まっている真上で新しい家族を作り、生きている。そんなことが許されるのかと。ほんとうの家族を忘れて幸せに生きていていいのだろうかと。おれの足もとに、助けられなかった妹が埋まっていたらと……そう考えると、心が沈んでしまって、どうにもなりませんでした」

鎌原村の生き残りたちは、とにかく耕地を蘇らせること。自分たちの村を立て直すことばかりに目を向け、亡くなった人たちを振り返る余裕がなかった。いま自分たちが生きて行くだけで、精一杯だったのだ。

もちろん平太も同じだった。毎日毎日、新しい家族とともに、わき目もふらず懸命に働いた。田畑を耕しつづけた。生きて行くためには仕方のないことだった。

だが、復旧に取り掛かって一年ほど経ち、暮らしもすこし落ち着いてきた頃に、ふと、気づいてしまった。亡くなった人たちに対し、ろくな供養もできていないことを。埋もれた人たちを、掘り起こすこともできていないことにも。亡くなった家族へ、新しい家族を作ったことに、詫びすらもできてないことにも。

気づいてしまってから、平太は新しい両親を、「おとっつぁん」「おっかさん」と、呼ぶことができなくなった。すると今度は、自分を受け容れてくれた新しい両親にも負い目を感じ、板挟みになってしまった。

どうにも身動きができなくなり、気持ちの整理もつけられなくなった平太は、ただ黙り込んで、自らの殻《から》に閉じこもるしかなくなった。

そして、言葉を封じてしまったのだ。

「でも、ごまかすのも今日かぎりにやめにします」

千世の前にかしこまり、平太は、決意をこめて語った。

「おれは、もう鎌原村にはいられません。ほんとうの親ではない人たちを、父や母とは呼べません。新しい親になってくれた人たちは、とてもいい人です。だからこそ嘘はつけない。子どもたちを亡くして、悲しみを隠したままおれを育ててくれている。おれだってほんとうの親や妹の骨も拾えていないのに、家族になることはできません。ほんとうの家族を忘れたふりをして、哀しくないふりをして、あの村で幸せに生きることなんてできないんです」

だからこの江戸で、亡くなった村人のこと、両親や妹のことを、しっかりと胸に刻みながら、心のなかで供養しながら、あたらしい道を生きて行きたいのだと、平太は自らの声で、しっかりと言い切った。

「おれも前に進まなければと思います」

「よく話してくれましたね」

苦しいながらも胸のうちを語りおえた平太に、千世は穏やかな笑みをみせた。鬼師匠だの、鬼婆だのと、呼ばれる人の表情とは思えないほどの、慈愛《じあい》にみちた微笑《ほほえみ》だった。

「あなたは強くて、優しい子ですね、平太」

「……千世先生。これからも、おれをここに置いてくれますか。浅間押しだのと、何だのと、悪口を言われることもあるかもしれませんが、ここにいて手習いをしてもいいですか」

「もちろんですよ」と、千世が片手を伸ばし、平太の頬に触れる。

「わたしが、あなたのことを悪くは言わせません。薙刀をふるってでも、きっと守っていきます。だから、ここでしっかり学び、つぎの生き方を見つけていけばいいのですよ」

鬼と呼ばれる女性の手は、優しく、あたたかかった。

平太はおもわず両手を合わせ、頭をさげていた。うつむいていると、自然と目から熱いものが流れてくるが、それが恥ずかしいものだとは、すこしも思わなかった。

騒動があった数日後のことだ。まだ筆子たちが通ってくるのには早い時分、平太が門前の掃き掃除をしていると、坂の下から人がゆっくりとあがってくるのが見えた。

「よう」

坂をあがってきた人物に呼びとめられ、平太は身を固くする。

あらわれたのが、痩せぎすで険のつよい顔つきをした男の子――房吉だったからだ。

箒を握りしめたまま身動きできず、言葉も発せない平太を、房吉はかるく睨んできた。

「そう身構えるなよ、何もしねぇから」

「…………」

「といっても無理か。お前には、ひどいことを言っちまったからな」

数日前、房吉とその両親とが発した言葉は、いまだ平太には心の傷となっている。周りは気にするなと言ってくれるし、房吉一家は難癖《なんくせ》をつけて銭をせびろうとしていただけだと訴える人もいる。おそらくそうなのだろう。それでも、彼らが言ったほんのひと握りの言葉は、江戸の人たちが抱く避難民への印象に違いない。だからこそ平太はいたたまれなかった。

平太の思いを知ってか知らずか、房吉はすこしためらったあと、言葉をつづけた。

「おれは、せせらぎ庵をやめるぜ」

「……え、そうなの？」

「近々この町からも出て行く。いつもそうなんだ。うちのおとっつぁんとおっかさんは、いつもあんなふうに人の弱みにつけ込んで、銭をせびろうとする。銭をせしめたあとは、とんずらを決め込む。その繰り返しだ」

「そう、なの……」

「おれをせせらぎ庵に入れたのだって、千世先生が鬼なんて呼ばれているのを知って、おれが悪さをして折檻されれば、大怪我をしたふりでもして、詫び料やら薬代やらをふんだくろうって腹だったんだ」

だが、鬼千世こと千世先生は、理由もなく、むやみやたらと子どもたちを傷つける人ではなかった。それどころか、自分などにも本気で向き合ってくれる人だった。両親の思惑も、どうやら当てがはずれた。だから出て行くんだ。と、房吉は口元を歪《ゆが》めながら語る。

「おれの親は、まともに働いたことは一度だってねぇんだ。これからも、ずっとそうして生きていくんだろう。町を移るのだって、これで何回目かな。数え切れねぇよ。おれはまだ子どもでひとりでは生きていかれねぇから、あいつらに付いて行くしかねぇんだ。だけど……」

うつむいたまま、房吉はつづける。

平太は黙って聞き入っていた。

「もうすこし経って、ひとりで生きていかれるようになったら、おれは自分の手で金を稼ぎてぇと思うし、千世先生に顔向けできる大人になりてぇ」

「きっと、なれるよ」

たどたどしく平太がこたえると、房吉は苦笑いを浮かべて、「どうかな」とつぶやいた。しばしの沈黙のあと。房吉はそれ以上なにも言わず、平太に背を向けて歩き出す。数歩進んだところでいったん立ち止まり、振り返りながら告げた。

「そうだ。おみえにも、すまねぇと言っておいてくれ」

平太が無言のままうなずくと、今度こそ房吉は前を向き、坂道をいっきに駆け下って行った。瘦せたひょろ長い後ろ姿は、あっという間に見えなくなった。

房吉を見送ってから、どのくらい、その場にたたずんでいただろうか。

平太が門前でぼんやりしていると、房吉が駆け下って行った坂から、今度はおみえがゆるゆるとあがってくる姿が見えた。おみえは平太の姿を認めると、にこりと笑いかけてくる。

「久しぶりね」

「久しぶり」

なにげなく平太が返すと、おみえは目を見張った。だが、平太が声を取り戻したことについては触れず、ここ数日休んでいたわけを告げた。

「じつはね、兄さんの具合が悪くて。うち、おっかさんがいないから、あたしが看病しなけりゃいけなくて。それで手習いに来られなかったの」

「大変だったんだね。お兄さんの具合はもういいの？」

「もう平気よ」

おみえはうなずいた。平太もうなずき返した。

平太は感慨《かんがい》にとらわれる。こうしてなにげない話ができていることが不思議で、声が出ていることが不思議だった。そして、おみえが別段構えることなく接してくれていることが、何より嬉しかった。

やがて、おみえにつづき、一蔵や留助がやってくる。

「おはよう、平ちゃん」

「おはよう」

「あれ、おみえちゃんもいらぁ。久しぶりだな」

いつもと変わらぬ朝、いつもと変わらぬからこそ、かけがえのない朝だ。平太の心はあたたかくなった。こんな日常のなかにいると、心に穿《うが》たれた穴がすこしずつ塞がっていく心地がした。

掃き掃除を終え、おみえたちとともに玄関に向かう途中、「そういえば」と、一蔵が話しはじめる。

「聞いたかい、房吉のこと。一家で引っ越すんだってよ」

「え、そうなの？」

「おみえちゃんにも見せてやりたかったよ、千世先生と房吉一家の一戦を。あの一家も、鬼師匠に恐れをなして逃げていったのかもしれねぇな」

「誰が鬼ですか」

得意げに話す一蔵と留助の頭を、背後からわしづかみにする者がある。

当の鬼千世こと、せせらぎ庵の主、尾谷千世だ。

「いてぇっ」

「いていて、爪が食い込んでる。いてぇ！」

「玄関先でいつまでくだらないことを喋っているのです。手習いをはじめる刻限ですよ。さっさとなかにおあがりなさい。あなたがたが学ぶ時は、金よりも貴重ですよ」

「わかった、わかったから勘弁してくれよ、千世先生」

「もう変な噂話はしねぇから」

一蔵と留助を手習い所に押し込んだ千世は、いまだ玄関先に突っ立っている平太に呼びかけた。

「あなたも、箒を片づけてはやくおあがりなさい」

「はい……」

「一人前になるためには、学ばなければいけないことが、たくさんありますよ」

「はい」

一蔵たちにつづき、千世とおみえも、家のなかへ入っていく。

それを見届けてから、平太はもう一度だけ門のほうを振り返った。

ひょっとしたら房吉が戻ってこないだろうかと思ったのだ。だが、もちろんそうはならない。またべつの場所で、房吉は房吉の人生を歩んでいく。声を取り戻した平太と同じく、房吉も何かを取り戻せたらいいと、願わずにはいられなかった。

——自分もここで精一杯生きてみたい。

この町で、せせらぎ庵で、千世のもとで、生きて行く力を身につけたい。自分にできることを見つけたい。家族を失い、生まれ育った村を出てから、平太ははじめて前向きに考えられるようになっていた。

鎌原村に残してきた心をときはなち、この場所で、新しい道を見つけたかった。

二　井筒屋《いづつや》騒動

平太はつい聞き惚《ほ》れてしまった。

おみえが弾《はじ》く算盤《そろばん》の音にだ。玉と玉とがぶつかり合う音色はじつに小気味よく、淀《よど》みがなく、すばやくて、ときには音曲《おんぎょく》にすら聞こえた。

鎌原村にいたころも平太は近所の寺子屋に通っていて、読み書き算盤のひととおりは学んだし、筋がいいとも褒《ほ》められた。だがそれも、上州の小さな一村内でのことだ。とても、おみえには及ばない。

おみえは算盤が得意だった。せせらぎ庵で一番だ。いやきっとご近所中でも一番に違いない。手習い師匠の鬼千世こと千世先生が出した問題を、つぎからつぎへとこなしていく。どんなに桁《けた》が多い問いでも、算盤を弾く手が止まることはなかった。

「どうして、おみえちゃんはそんなに算盤がうまいの」

横合いから平太が尋ねると、となりで、出された問題をすべて終えたおみえが向き直る。

顔と顔が近づいて、平太はおもわずどきりとした。間近で見るおみえは、目が大きく、すこし上向いた鼻も愛らしく、口もとは桜色だ。おもわず見入ってしまうほどかわいらしかった。いまだ十二歳で丸い顔には幼さが残るが、あと二、三年もすれば小町娘と呼ばれるほどきれいになるだろう――というのは、年嵩《としかさ》の一蔵と留助の弁だ。そういったことに疎《うと》い平太は、なるほどそうかもしれないと思うだけだが、それでも、おみえの可憐《かれん》さはよくわかった。

当のおみえは、平太の問いにすこし考え込んでからこたえてくれる。

「うちには親がいないから」

そういえば、先にもそんなことを言っていたかもしれない。年の離れた兄とふたりきりの暮らしなのだと。

「親の代わりに、家のお金をやりくりしているうちに、算盤ができるようになったの。以前はどうとも思ってなかったけど、せせらぎ庵に来てからは、千世先生が算盤を褒めてくれるから、わたしはこれが得意なんだってわかった。それからは正しい解を出すのが楽しくなってきちゃった」

「先にもべつの手習い所に通っていたの？」

「うん」と、おみえは、せっかくのかわいらしい顔をしかめながらこたえた。「もっと近所にある手習い所にね。八つか九つになる頃、一年もいなかったけど。ほかの子たちに冷たくされて、すぐにやめてしまったの。なぜだか、いい気になるなと詰《なじ》られたんだけど、わたしはそんなつもりはないから、ほんとうにつまらなかった」

「ふぅん」

以前一緒だった筆子たちは、きっと、おみえの才能を妬《ねた》んだのだろうと、平太は思う。おみえは、特段すごいことをやっているつもりがなく、難しい算盤の計算をつぎつぎと解いてしまう。自分がすごいと思っていないから、当然といったそぶりをしてしまう。それが気に障《さわ》ったのかもしれない。そんな周囲の子どもたちの気持ちも、すこしはわかってしまうことを、平太は恥じ入った。同時に、自分は決してそうはなるまいと己に言い聞かせもした。

浅間山噴火で両親と妹を失い、声すらも失ったとき、そのことを揶揄《やゆ》されて、いやがらせの言葉を浴びた。心は冷えあがり、胸に穴が開くのではと思ったほどつらかった。苛《いじ》められる者の痛みは、平太にもよくわかる。

だから、自分が傷つくことは、他人にもしたくないと思った。おみえにも、いやな過去は忘れてほしかった。だから、

「おみえちゃんは、すごいね」

と、平太はあらためて告げた。

「それほどの算盤の腕前があれば、あちこちのお店から、お女中に来て欲しいって頼まれるかもしれないよ」

「そうかな」

「うん、そうだよ」

平太が請け合うと、おみえも嬉しそうにほほえみ返してくれる。

「そうなるといいな。算盤にもっと磨きをかけて、読み書きも上達させて、奉公にあがるんだ。うちは貧乏だから、あたしが稼いで兄ちゃんを助けるんだ」

偉いな、健気《けなげ》だなと、嬉しそうに語るおみえを見つめながら、平太はつくづく感じた。

おみえはきっと、読み書き算盤ができて、重宝される奉公人になるだろう。かつて手習い所で苛めをした子たちが羨《うらや》むほどに。そして、いずれ美しい女性になり、女中としても芽を出し、自分など手の届かない人になる。

平太は、羨望《せんぼう》と切なさをこめたまなざしで、はつらつと語るおみえを見つめる。

いったん口をとざしたおみえが、平太に問いかけてきた。

「わたしの話ばかりしちゃった。ねぇ、そういう平ちゃんは、なにかやりたいことがあるの？」

「やりたいこと？」

平太はかぶりを振った。四年前にすべてを失った平太は、いまやっと言葉を取り戻し、生きていたのに生きていなかった空白の四年間を、少しずつ取り戻そうとしているに過ぎない。これから自分がどこへ向かうのか、何ができるのか、考えるにはまだほど遠いと感じていた。

だからこそ、進むべき道が見えているおみえが羨ましかったし、見守りたいとも思った。


牛込水道町、神田上水を間近にして建つせせらぎ庵。風流な名だが、そこの手習い師匠は、近所で鬼千世とも呼ばれる名物師匠だ。

千世はもともと旗本の妻女であったが、夫が身罷《みまか》ったのを機に市井《しせい》に出てきて手習い所をはじめた。なんとも酔狂なことだとご近所方は見ているが、じつは、それなりの意義がある。千世が営《いとな》む手習い所は、ほかの私塾や手習い所になじめなかった子ども、つまはじきにされた子が、よく通ってくるからだ。一度、世間から零《こぼ》れ落ちた子たちの受け皿になっている。

およそひと月前から、居候《いそうろう》も兼ねて通っている平太もそのひとりだ。いっとき声を失い、殻《から》にとじこもっていた平太は、せせらぎ庵にやってきて、千世に守られ、教えられ、声を取り戻した。いまもすこしずつ心を快復させている。

平太がせせらぎ庵に馴染《なじ》むことができたのは、どんな子であっても無理をさせず、それぞれに合った学びの方法を見出し、丁寧に指南してくれる、そんな千世の心配りがあるからに違いない。

千世が「鬼」と巷《ちまた》で噂されるのは、一度は世間から疎外された教え子たちを、その世間から守るために、厳しさを身にまとっているからなのだ。心のなかは、じつはあたたかい人だということは、せせらぎ庵の筆子たちなら知っている。

今日も平太は、千世から知らない漢字をたくさん習った。ひと月前まではとても読めなかった難しい本も読ませてもらった。平太が読みこなせるとわかれば、千世がつぎつぎと新しい本を見繕《みつくろ》ってくれる。つい先日までは暗号にしか見えなかった漢文や数字が、意味をもって頭に入ってくるのは、楽しいものだった。

こんな具合に、せせらぎ庵での一日はあっという間に終わるのだが。

夕刻、すっかり秋めいて涼しくなってきた風に乗って、目白《めじろ》不動から八つ（午後二時頃）の鐘がひびいてくる。

手習いを終えた筆子たちが帰宅の途につく刻限だ。帰るときは、年長の子が年少の子を一緒に連れて帰るのが常だった。おみえは、おはつという六歳の女の子を。一蔵と留助、もうひとり万作《まんさく》という最年長の男の子が、七歳、八歳、九歳の、茂一《もいち》、弥太郎《やたろう》、亀三《かめぞう》という歳下組をそれぞれ送っていくことになっている。

今日は千世先生の機嫌が良かっただとか、今日はおでこ鉄砲をくらわずにすんだとか、わいわいと話しながらおもてへ出て行った。

それを平太が門前まで見送っていくのだが。そこへ、

「おうおう、皆さまお揃いで」

門前にあらわれた筆子たちに向かって、表通りで待っていたらしい男が、気易く声をかけてきた。中背で細身、黒ずくめのうえに尻はしょりをした身軽そうな若者だ。

「誰だ、こいつ」とばかりに、筆子たちが胡乱《うろん》そうな目を向けると、黒ずくめの

若者は苦笑いを浮かべる。

「おっと、あんまり歓迎されてねぇみたいだな」

「だって……」

まずは一蔵が、ほかの子どもたちと若者とのあいだに立ちはだかった。

「知らない人とあんまり馴れ馴れしくするなって、千世先生が。ときどき悪い大人もいるからって」

「おいおい、おれはそんな悪い大人じゃねえよ」

若者はあわてて弁解する。二十歳にも満たなそうな若者だが、鋭い目つきが、子どもたちの警戒心をあおったのかもしれない。

「悪い大人どころか、おれぁ千世先生の知り合いだぃ」

「嘘《うそ》だぁ」

「ほんとうだって」

若者が誤解を解こうとするそばで、おもての騒ぎに気づいたのか、手習い師匠の千世がおもてへ出てきた。

「あなたたち、いつまでおもてで騒いでいるの。早く帰らないと家の人が心配しますよ」

「だって千世先生、おもてにあやしい人がいるんだよ」

「なんですって？」

「ご無沙汰《ぶさた》しております、千世先生」

そこでようやく千世は、筆子たちのほかに、門前に黒ずくめの若者が立っていることに気づいた。若者に声をかけられ、千世は目を丸くする。

「あらまぁ、あなた、新七《しんしち》じゃありませんか」

新七と呼ばれた若者は、八重歯をのぞかせながらにやりと笑っていた。本人が言うとおり千世の知り合いであり、かつ悪い人間でもなさそうだが、いったい何者であろうか。今度はおみえが、千世におそるおそる尋ねた。

「先生、この人、誰ですか」

「この子はね、せせらぎ庵のもと筆子で、新七といいます」

「せせらぎ庵のもと筆子？　この人が？」

「ええ、そうですよ。あなたがたの先輩ですね。といっても、とんでもない悪童でしたけれど。ここに通っていたときは、千世先生だなんて決して呼ばず、鬼婆だの鬼千世だの、悪態ばかりついていましたっけ。読み書きの才はあるのに、ちっとも真面目に取り組まないし、乱暴ばかりしていたし。毎日が取っ組み合いで、ほとほと手を焼きましたよ」

「いやだなぁ先生」

せせらぎ庵のもと筆子で、札付きの乱暴者だったという若者は、照れくさそうに頭をかいた。

「そんなもの、四年も前の話じゃねぇですか。いまはほら、この通り真面目に勤めを果たしていますから」

新七は、水道町界隈で岡っ引きをしている吉次《きちじ》親分という人のもとで、下っ引きという使い走りをしているという。年は十八歳。十四歳のときに、一年のあいだだけ千世の教えを受けていた。

いまは小ぎれいにしていて札付きの悪童という印象はないが、幼い頃は乱暴者で手がつけられず、いくつかの手習い所をたらい回しにされたらしい。年があがって奉公に出たあとも、読み書きの基礎もできておらず、気性が荒いせいで、何度もクビになるありさまだった。行き場を失った新七は諦め半分で千世のもとに預けられ、一年ほど教えを受けた。そこでやっと改心できたという。

「はじめは親に無理やり押し込められたんだ。おれは通いたくもないのに、千世先生が毎朝おれのところに迎えに来ては、手習い所まで引っ張っていくからよ。

あまりにしつこいんで、抗《あらが》うのも億劫《おっくう》になっちまって。けっきょく、おとなしく通うことになった。懐かしい話だな」

　そこで新七は、幼い頃に習得しそびれた読み書きをみっちり叩き込まれ、礼儀作法、人との接し方なども教わり、年相応の物腰を身につけるに至った。

　新七の話を、子どもたちは興味津々《きょうみしんしん》に聞き入っている。

「わかる、わかる。千世先生ってそういうしつこいところあるよな。おいらも、手習いを幾日かさぼっただけで、すごい剣幕で迎えに来られたことがあるよ」

「なんだい、お前らもおなじかい。先生も変わらねぇな」

「新七さんも、おでこ鉄砲はくらったのかい？」

「おうよ、そりゃあ毎日だったぜ。それだけじゃねえ、他所《よそ》で悪さでもしてこようものなら、薙刀を振るって追いかけまわされたりしたもんだ」

　あっさりと打ち解け、話に花を咲かせはじめたもと筆子と現筆子のやり取りを横目で見ながら、千世はやれやれと首を振る。

「叱られた話を自慢げにするものじゃありませんよ。まったく、昔もいまも、子どもたちに手を焼くのはおなじですね」

「へへへ、耳が痛ぇや」

「それはそうと新七、いまは岡っ引きの吉次親分のもとで忙しくしているあなたが、今日はどういう用向きです」

「へい、それが……」

千世に問われると、おどけていた新七がたちまち神妙な表情になった。もと教え子とはいえ、いまは忙しく勤めに出ている身である。せせらぎ庵に来たのは、昔話をするためだけではないだろう。

口調までもあらためた新七が、千世に用向きを伝えた。

「町内を仕切っているうちの親分が、千世先生の知り合いでもある根岸鎮衛さまから、ある話を持ちかけられましてね。ちょいと気になることがあるってんで、せせらぎ庵のもと教え子のおれが、様子見を命じられたってわけでして」

「鉄蔵《てつぞう》が？」

鉄蔵とは、平太をせせらぎ庵に連れてきた張本人、根岸鎮衛の出世前の呼び名で、よほど親しい者しか使わないものだ。いまは勘定奉行という要職についている根岸鎮衛が、新七の上役である吉次親分のもとに何か話を持ちかけ、新七が遣わされてきた、ということらしかった。

「鉄蔵が、吉次親分にいったい何を話したのかしら。せせらぎ庵にかかわることですか？」

「そうなんで。根岸さまが言うには、近頃、せせらぎ庵に妙な男が押しかけているると。だから、ときどき気に懸《か》けてやってほしいとおっしゃられたそうです。忙しい根岸さまのことだ、自分が見張るのは難しいから、吉次親分に頼みに来たってことでしょう。それで、おれがときどきこちらの様子を見るよう言《こと》づかったってわけで」

「妙な男……というのは？」

千世が首をかしげるそばで、新七はさらに言葉をつづけた。

「なんでも、ここに通っている筆子の月謝を盗もうという若い男だとか。根岸さまも、じかに見たと言っていやしたぜ」

千世は目を見張り、それまで黙って話を聞いていた平太も、おもわず「あっ」と声をあげた。

新七が言う「妙な男」について、平太も思い当たる節があった。

ひと月ほど前、鎮衛に連れられ、はじめてせせらぎ庵を訪ねたときのことだ。千世に追われて、おもてへ飛び出してきた若い男がひとりいた。千世が振るう薙刀にあやうく髷を切られそうになり、あわてふためいて逃げて行った姿を、平太もしっかりと覚えている。千世が抜き身の薙刀を振るうほど怒っていたのは、「筆子の月謝を盗もうとした」ことだったはずだ。

「おれも見ました、その男の人」

千世の代わりに、平太はとっさにこたえていた。新七もまた身を乗り出す。

「おぉそうかいそうかい。で、その後、そいつはあらわれてねぇか？」

「いまのところは来ていません。千世先生が追い払ってくれたから。そうですよね、千世先生」

平太が同意を求めるものの、なぜか、千世は気まずそうに押し黙るばかりだ。

すると周りで、ほかの筆子たちがざわめきはじめる。

「誰だい、そいつ。おいらたちの月謝を盗もうとしたって？」

「留ちゃん、知ってる？」

「おいらも知らねぇよ。それにしても、ふてぇやつがいるもんだ」

「はやく吉次親分にしょっぴいてもらおうぜ」

おもいがけず物騒な話を聞いた筆子たちは、刻限も忘れ、あれこれと騒ぎはじめる。だが、そのなかで、おみえだけがじっと口をつぐんでいることに、しばらくして平太は気づいた。

黙り込んだおみえの顔は、すこし青ざめて見えた。

興奮さめやらぬ筆子たちを宥《なだ》めてからやっと帰宅させ、千世は、かつての教え子をせせらぎ庵に招き入れる。

平太は台所で茶を淹《い》れてから、千世と客人との話に加わった。

「それにしても、この手習い部屋もなつかしいな。なぁ平太、あれを見てみろよ」

茶を差し出した平太を手招きしてから、客人――千世のもと教え子の新七は、手習い所となっている奥の間を一周し、壁にひとつだけ開いた穴を指さした。

「この壁の穴、おれが開けたんだぜ。千世先生と取っ組み合ったときに」

「それはそれは……」

さぞ壮絶な取っ組み合いだったのだろうと、恐ろしいやらおかしいやらで、平太はおもわず吹き出しそうになった。

「どうしてそんな騒ぎになったんですか？」

「たしか、おれが年下の筆子に馬鹿にされたんだっけな。十四にもなってろくに読み書きもできねぇ、出来損ないって言われてよ。で、かっとなって手を上げちまったら、すっ飛んできた千世先生に、ものすごい勢いでおでこ鉄砲をくらったんだ。痛《いて》ぇのなんのって。おれも頭に血がのぼって、そこからは大立ち回りよ」

「どんなわけがあっても、年下の子に手を上げるのはよくないと思いますけど」

「お、言うねぇ、お前も。さすがは先生の教え子だ。たしかにその通りだが、当時は何事もうまくいかなくて、苛々《いらいら》していたんだな。まぁ、千世先生と全力でやりあったら、なんだかすっきりしちまって、気負っているのもばからしくなっちまったけど。それからは、さっきも話した通り真面目に手習いに励んだってわけだ」

新七の話を聞きながら、平太はあらためて、千世の熱意に感じ入る。

毎日のように新七を迎えに行っていたことや、全力での大立ち回りやら、千世が本気で筆子のことを考えていなければできないことだ。厳しいながらも、本気がわかったから、新七も改心したのだろう。平太とて、千世のもとへ来なければ、つらい過去や世間の悪意に押しつぶされ、声を失ったままでいただろうから。ほかの手習い所になじめなかったおみえや、ほかの筆子たちも同じ気持ちではないのだろうか。

しかしなぜ、千世はそこまでするのだろうかと、不思議にも思う。

平太が考え込んでいると、当の千世が、新七の背中を叩いて叱咤《しった》した。

「そんな古い話はしなくてよろしい」

「いいじゃねぇですか。いまのおれがあるのは先生のおかげだ」

「まぁ、お世辞まで言えるようになって、吉次親分の教えがよほど行き届いているとみえますね。あなたみたいな暴れん坊は、世に出したらたくさんの人を傷つけるんじゃないかと、さすがのわたしも気を揉《も》んだものでしたが。いまや世のため人のため、下っ引きとして忙しくしているなんて、頼もしい限りです」

「へへへ、まぁな。吉次親分も、先生とおなじくとんでもなく厳しいが、やり甲斐《がい》はあらぁ」

新七が胸をはってこたえるので、さすがの鬼千世さまも、教え子が成長した姿に目を細めている。

けれど、すこし考え込んだあと、すぐに厳しい師匠の顔に戻った。

「……でも、すこし迂闊《うかつ》なところは変わりませんよ。新七」

「え、迂闊ですかい？」

「迂闊ですよ。おみえの前で、あんなことを言うだなんて」

おみえの名が出て、茶を淹れ直した平太は、千世と新七の顔とを見比べる。

あんなこと——とは、新七がさきほど持ちかけてきた話のことだろう。

先月、このせせらぎ庵に、筆子の月謝を盗もうと若い男が押しかけてきたこと。それを追い払う姿を、根岸鎮衛と平太がたまたま見かけたこと。その話を、新七が筆子たちの前でしてしまったことを、千世は言っている。

「おみえには聞かせたくありませんでした。いえ、わたしも迂闊だったのです。このひと月、忙しさにかまけてつい先延ばしにしていましたが、鉄蔵が話を持っていく前に、わたしが、すぐに吉次親分に相談すべきでした」

千世はため息まじりにつぶやいていから、茶を差し出してきた平太に、あらためて問いかける。

「平太も、あのときの男を見たのですね？」

「はい。はじめてこちらを訪れるときに、根岸さまと一緒に」

「そうでしたか。筆子たちには知られないよう気をつけていたのですが。なにせ、あの若者は……」

平太も新七も身を乗り出し、千世のつぎの言葉を待つ。平太と鎮衛が見たという若い男はいったい何者なのか。なぜ、おみえに知られたくなかったのか。

「あの若者は……筆子たちの月謝を盗もうとしたのは、おみえの兄なんですよ」

「なんだって？」と、新七がおもわず腰を浮かせる。

「おみえちゃんの、お兄さん？」

予期せぬ言葉に、平太も聞き返していた。にわかには信じられなかったが、それでも、おみえが青い顔をしていたわけにも合点《がてん》がいった。

おみえは、新七の話を聞いたときに、月謝を盗もうとした男が、自分の兄だとすぐに察したのかもしれない。それはつまり、普段から、そういうことをしかねない兄であると、おみえが常々思っているからではないのか。

そんなことを考えながら、平太はこわごわと尋ねた。

「おみえちゃんのお兄さんは、これまでも、ときどき月謝を盗もうとして押しかけてきていたんですか？」

「残念ながら、平太が見たときが最初ではありませんでした。何度かあったのですよ。そのたびに追い返してはいたのですけど」

兄は、はじめ、妹のおみえの月謝を取り返すために訪ねてきて、

「妹は手習いをやめたがっているし、もう通わせないから、月謝を返してほしい」

そう言ってきたという。

だが、おみえ本人が手習いをやめたいと言ったことはなかったし、兄の言が嘘だとすぐに見抜いた千世は、申し出を断った。それから、兄は隙を見ては、せせらぎ庵に忍び込むようになり、おみえの月謝を一度盗み出した。以後は千世も気をつけていて、忍び込んできたところを幾度か追い返し、受け取った月謝の保管場所もときどき変えている。

そうだったんですね、と平太はため息をつく。

「おれが見たときも、忍び込んだところを、千世先生に見つかったところだったんだ」

「とんでもねぇクズだな、妹の手習い代を盗もうとするなんてよ。どうせ飲み代や賭場《とば》代にするつもりなんだろう」

ついで新七が苦々しげに呻《うめ》くと、平太も同調する。

「おみえちゃんのうちは、お兄さんとおみえちゃんのふたりきりなんです。たぶん、持ってくる月謝は、おみえちゃん自身が、内職なんかで貯めたお金なんです。それをじつのお兄さんが盗もうとするなんて。おみえちゃんが、かわいそうだ……」

そこまで話しておいて、平太と新七は、しんみりと黙り込んでしまった。

帰り際の、おみえの青い顔を思い出したからだ。

兄が盗みを働いていたこと、自分の月謝を盗んでいたこと。それを知ったおみえが、いま頃どんな気持ちでいるのかと想像すると、いたたまれなかった。

意気消沈した教え子たちを見つめてから、千世もかるく息をついたあと、すぐに背筋を伸ばし、いつもの厳しい様子に表情をあらためた。

「わたしたちが、くよくよしているときではありませんよ。おみえのためにも、いますぐどうにかしなければ。吉次親分さんの力もお借りして、解決する方法を見つけましょう」

千世が言うと、うつむいていた新七が顔をあげ、

「それでこそ千世先生だぜ」

と、自らの膝を叩いた。

「事情はわかった。さっそく親分に報告してくるぜ。これからは、せせらぎ庵をときどき見張るようにするからよ。とにかく、その兄貴ってやつがまた来ることがあったら、いつでも知らせておくんなさいよ」

「吉次親分によろしく伝えてくださいね」

「まかせてくれよ」

　こうして新七は、界隈《かいわい》を仕切る吉次親分に今後のことを相談しに行くべく、いきおいよく立ち上がった。

　新七は、玄関まで見送ろうとする平太に、ぽつりとささやきかける。

「平太よ、せせらぎ庵の鬼千世さまっていう人はよ」

「はい」

「おれたちのことを決して見捨てねぇんだ」

　新七の言葉に、平太も「はい」と、もう一度大きくうなずいた。


　おみえの兄——直蔵《なおぞう》が、妹の月謝を盗もうと、せせらぎ庵に幾度か忍び込んでいることがわかってから、町内の治安を担《にな》う岡っ引きの吉次親分は、下っ引きの新七を見張りにつけることをすぐに決めてくれた。

「根岸さまの頼みでもあるし、なにより、新七の野郎が世話になったせせらぎ庵の一大事だ。ほうっておくわけにはいかねぇよ」

　吉次親分という人は、煙管《キセル》を構える姿も堂に入った四十男で、一度、せせらぎ庵を訪ねてきてくれたときの気風《きっぷ》のいい言葉は、千世や平太にとってひどく頼もしいものだった。

それでも、さすがの吉次親分でも、すこしためらうところがあるらしく、ついぼやきが出てしまう。

「しかしなぁ……下手人が筆子の兄貴っていうのは、なんともやりづれぇものだ。おみえちゃんって子が傷つかない方法で、兄貴が改心すればいいのだが。それが難しいとなると、妹の目の前でお縄にかけることだって、あるかもしれねぇよ」

そうなってしまったら、なんとも後味が悪いものになる。

ただでさえ傷ついているおみえが、さらに哀しみを負ってしまうかもしれない。平太も、そのことがひどく気がかりだった。

「できれば、直蔵というお兄さんが、二度と盗みなんて真似をしなければいいのだけど」

そんなことを願いつつ、せせらぎ庵にときどき新七が見張りにつくようになってから、幾日かが経ったころ。

せせらぎ庵の日常に、また別の心配の種ができた。

おみえ本人のことだ。新七がやってきた日、青い顔をしたまま帰宅したおみえが、以来、一度も手習いにあらわれないのだ。

「平太」

おみえが来なくなってから四日目の朝。朝餉《あさげ》が終わったあと、平太は千世に呼ばれた。

「お櫃《ひつ》に残っているご飯で、握り飯を作ってちょうだい。握れるかしら」

「はい、できます」

「いくつか握ったら、それを持って、おみえの家に行ってみてくれませんか。無理に手習いに連れてこなくてもよいので、様子だけでも見てきてください。ご飯を抜いているようだったお握りを食べさせてあげて」

「お握りを……」

わけを尋ねると、千世はこっそりと教えてくれた。

おみえには親がいないし、お金もあまりないから、ときどき朝餉を抜いて手習いに来ているのだということ。昼餉の時刻になって一度帰ったときも、なにも食べずそのまま午後も通ってくるときがあること。そんなときは顔色が悪いので、千世にはわかるというのだという。

「だから、おみえが元気のない顔をしているときは、余分に炊いたご飯をお握りにして、渡していたのですよ。ほかの子に見えないように、裏でこっそりと食べさせたりしてね」

「そうだったんですね」

千世が筆子の食事のことまで気にかけているとは、思いもよらなかったので、平太はすこし驚いてしまった。

「食べていないと、千世先生にもわかるものですか」

「わかりますとも。顔色もよくないし、体も動かない。もちろん頭もはたらかない。あのおみえが、算盤を間違ったりすることもあるのです。ほかの子もおなじ。みんな、手習い所に来て、たくさんおしゃべりして、たくさん暴れて、懸命に手習いをして、悪戯《いたずら》もおなじくらい懸命にやって、またおしゃべりして帰っていくでしょう。それらすべて、食べていないとできるものではありません」

「悪戯もですか?」

「そう、悪戯も」

千世はくすりと笑う。

「子どもはいま大人になるための体を作っているところです。食べることは、学ぶこととおなじくらい大事です」

だから千世は、平太にも、特に朝はしっかり食べろと言ってくれる。

千世の気遣いにあらためて気づかされ、平太は「わかりました」と大きく返事をした。

「お握りを持って、おみえちゃんのとこへ行ってみますね」

「頼みます。ほんとうはわたしも行きたいのですが、じつはね、新しくうちに入るかもしれない子どもと会うことになっているのですよ。わたしは手が離せませんから、代わりにお願いしますね」

「新しい筆子が来るんですか？」

千世の意外な言葉に、平太は飛び上がりそうになった。

「わぁ、どんな子だろう」

「ほかの子たちが来る前に、親御さんと一緒に来ることになっています。面談したあと、手習いの様子をすこし見てもらって、入るかどうか決めてもらうことになるでしょう」

「せせらぎ庵を気に入ってもらえるといいですね」

「そうですね。これで、おみえもまた通ってきてくれれば、なおいいのですが」

「おみえちゃんのほうは、おれがきちんと見てきますから。まかせてください！」

元気よく請け負っておいてから、平太はさっそく台所に走っていき、お櫃の中身を確かめた。一日分の飯を炊いたので、まだ半分ほど残っている。手水《ちょうず》で手を洗ってから、手のひらに塩をひとつまみと、飯をひとすくいする。形はじつに不格好だったが、ふたつの握り飯をこしらえた。

握り飯を藁苞《わらづと》に包んでふところに入れてから、せせらぎ庵を飛び出し、坂をいっきに下りていった。

「新しい筆子が来るって知ったら、おみえちゃんも喜ぶだろうな。また、通う気になるかもしれない。はやく知らせてあげなくちゃ」

息をはずませながら、平太はひとりつぶやく。ふところの握り飯が落ちないよう手でおさえながら、千世に教わったおみえの長屋まで駆け抜けた。

おみえの長屋は、おなじ町内でも、せせらぎ庵からおもいのほか遠かった。もう少し行けば神田川《かんだがわ》を渡り、となり町に出てしまうところだ。教わった場所の木戸をくぐり、裏長屋へつづく路地を歩く。

日があまり差し込まない路地の左右に、九尺二間の裏長屋がつづいていた。奥まったところに蓋《ふた》を被《かぶ》せた井戸があり、その向かいが、千世から聞いていたおみえの住まいだ。

「ごめんください。おみえちゃん、いますか」

平太は、障子越しに声をかけた。だが、おみえから返事はない。

もしや場所を間違えただろうか。それとも具合を悪くして寝ているのか。無断で障子を開けてよいかどうか迷っていると、向かいの長屋から、ひとりのおかみさんが出てきた。井戸を使おうというのだろう。小脇に桶を抱えている。

おかみさんは見慣れない平太の姿をみとめると、かすかに顔をしかめたが、すぐに目を逸《そ》らし行きすぎようとする。

それに、平太は追いすがった。

「あの、すこしいいですか」

「なんだい、やぶからぼうに」と、おかみさんは目を合わせないまま、あからさまに不機嫌そうな声を出した。

「あたしゃ忙しいんだよ」

「ごめんなさい。ちょっと聞きたいことがあって。この家の人はお留守でしょうか」

平太がおみえの家を指さすと、おかみさんは、あまりかかわりたくないとばかり、ますます表情を歪めた。

「あぁ……直蔵のところかい。返事がないなら留守なんじゃないのかい」

「おみえちゃんっていう子がいる家ですよね？」

「そうだよ。直蔵とおみえちゃんの兄妹さ。じゃあ、あたしはこれで」

油断をすると、すぐに会話を打ち切られそうになる。それでも平太は、自分の家の玄関に入ろうとするおかみさんの前にまわりこみ、自ら名乗った。

「おれは平太といいます。おみえちゃんと、おなじ手習い所に通っているのですが。近ごろおみえちゃんがちっとも手習いに来ないので、お師匠さんから、見て来てくれって頼まれたんです」

「へぇ、手習い所ね」

そんなところに通っていたんだね。と、いまにも戸口に入ろうとしていたおかみさんは、すこし意外そうな声を出した。平太の身許が知れるとすこしは警戒を解いて、話をつづけてくれる。

「飲んだくれの直のやつが、おみえちゃんを手習いに通わせるなんて、そんな甲斐性があったのかい」

「飲んだくれ」と聞いて、たちまち平太は心が冷えた。

おかみさんの口ぶりからして、直蔵という人が、妹の月謝を盗もうとしたことが現実みを帯《お》びてくる。

おみえは、自分で家計をやりくりし、ときに内職までして、兄には内緒で月謝を捻出し、せせらぎ庵に通っていた。兄には、妹を手習いにやるつもりなどさらさらないからだ。そんな金があるくらいなら、自分の飲み代に使う。おかみさんの言い方からは、普段からの様子が想像できた。

ただでさえ苦労をしているおみえが、兄がせせらぎ庵に盗みに入っていたことを知り、いまどうしているのか。長屋にも戻っておらず、手習いにも来ないことが気がかりで、平太は、玄関の戸を閉めようとしていたおかみさんを、なおも呼び止める。

「もうすこし話をさせてください」

「なんだい、まだ何か用かい。言っておくけど、直蔵にはあまりかかわらないほうがいいよ。飲むわ打つわ、ろくでもない連中と付き合うわ、札付きの悪《わる》で通っているんだ。このあたりの店子連中も、直には近づかないって決めているんだからね。おみえちゃんはいい子だけど、気の毒に、あんな兄貴がいればろくなことになりゃしないよ」

「その、直蔵さんとおみえちゃんのこと、もうすこし詳しく聞かせてもらえませんか」

平太が食い下がるので、おかみさんはため息をついてみせる。

「困った子だねぇ、どうして、そんなことを聞きたがるのさ」

「おみえちゃんが困っているのなら、助けてあげたいからです。手習いにまた通ってきて欲しいからです」

「優しい子なんだね、あんたは……」

玄関前でそんなやり取りをしていると、ふたりの話し声が聞こえたのか、近所のほかのおかみさん連中数人がおもてへあらわれ出た。平太がおみえの筆子仲間だと知ると、案外すんなりと話を聞かせてくれる。

「へぇ、あんた筆子仲間かい。かわいい顔しちゃって」

「おみえちゃんも隅におけないよ」

「そのおみえちゃんだけどさ。あの子の父親もね、昔からろくでもない人で、働きもせず、子どもの面倒もあまり見ない人だったよ。その父親がある日突然蒸発しちまって、母親がしばらく一人で子どもたちを見ていたが、その母親も、二、三年前にどこかへ行っちまった。長屋には、兄の直蔵と、まだその頃十歳にもならないおみえちゃんが、ふたりっきりで取り残されちまったってわけさ」

それからは、幼い兄妹を長屋ぐるみで面倒見ていたんだ。と、おかみさんたちは口々に語る。

「おみえちゃんは、すこし変わっているが、しっかり者だね。だが、直はいけないよ。放蕩《ほうとう》者の父親の血を濃く継いだのか。長屋の者たちに礼をするどころか、ときどき留守にしのびこんで盗みをはたらいたりしてね。いっときは大《おお》家とも喧嘩《げんか》になって、追い出されそうになった。まだここにいられるのは、大家さんが、おみえちゃんをかわいそうに思っているからだよ。それでも直は、懲《こ》りもせず悪さばかり。おみえちゃんのことをかわいがるでもなく、その日仕事で得た銭で遊ぶことを覚えちまった」

「母親が出て行ってからすぐ、おみえちゃんは家のために内職をはじめたんだっけね。そこから自分で手習いの月謝をやり繰りしていたんだろうね」

「あんなふうに働き者でかわいい子だもの。算盤だって上手なんだろう？　ほんとうだったら、いいところに女中奉公に出られるかもしれないのにね。行く先々で直蔵が迷惑かけるから、なかなかそれもつづかないってわけさ」

話を聞いていくと、おみえがべつの手習い所に通っていたとき、算盤の腕を見込んだとある商家のおかみさんが、「うちへ来て帳面つけでも習ってみないか」と、誘ったことがあったらしい。番台のことはふつう男の子の丁稚《でっち》見習いが教わるものだが、その家はおかみさんが店を切り盛りしていたので、女の子の見習いがいてもいいと思ったらしい。

手習い所になじめなかったおみえだから、喜んで、すぐに申し出を受けた。

だが、その話を知った兄の直蔵が、妹が通う店へ行って、

「おれの妹をこき使おうってんなら、毎月、きまった銭を出してもらわねぇと了簡《りようけん》できねぇ」

と、踏み込んで行った。

恐がったおかみさんは、おみえを雇い入れる話を破談にしてしまったという。ほかにも似た話が、いくつかあったのかもしれない。それからは、おみえは前の手習い所をやめて、しばらくは内職だけしていたという。

「おみえちゃん、かわいそうに」

おみえが語っていた夢のことを、平太は思い出していた。おみえは、「算盤にもっと磨きをかけて、読み書きも上達させて、奉公にあがるんだ。うちは貧乏だから、あたしが稼いで兄ちゃんを助けるんだ」と言っていた。女中奉公に出て貧

乏から抜け出し、さらに、自分の夢を一度は壊した兄を、まだ助けたいと。そんなことを願っていた。

幾度となく邪魔をされたにもかかわらず、おみえはふて腐れもせず、すべてを投げ出すでもなく、よりよいお店へ奉公にあがるため、せせらぎ庵で一所懸命に学ぼうとしていた。直蔵という兄は、そんな妹の思いを踏みにじりつづけ、あげく、わずかな月謝までをも横取りしようというのだ。

平太は、みぞおちのあたりが、かっと熱くなっていく感じを覚えた。

ふところにしのばせてきた握り飯が、ずしりと重たく感じる。

またもや兄の裏切りにあったおみえは、せせらぎ庵を休み、家にも帰らず、いったいどこでなにをしているのだろうか。

怒りと、焦る気持ちと、自分の無力さを噛みしめながら、平太はおかみさんたちに礼を言ってから長屋をあとにした。

行きとは裏腹に、帰りの足取りは、驚くほど重たかった。

手渡すことができなかった握り飯を抱えながら、平太は、せせらぎ庵へとぼとぼと戻って行った。帰り着く頃には、すでに、おみえを除く七人の筆子が手習いを受けていた。いつも、おみえのそばにいる六歳のおはつは、おみえがいないせいでぐずっている。

いっぽう部屋の隅では、母親らしき女と一緒に座っている、見知らぬ女の子の姿があった。年は十歳くらいだろうか。おとなしそうな子で、うつむき加減にしながら、上目遣いで、手習いの様子を眺めていた。その子が、千世が言っていた新しい筆子候補なのだろう。

「ただいま帰りました」

女の子と母親に一礼をしてから、平太は、千世に帰宅を告げた。平太がおみえを連れて帰ってこなかったことを確かめてから、そのことには何も触れず、千世がうなずき返してくる。

「ご苦労さまでした。さぁ、平太も手習いをはじめましょう」

「はい……」

言われるまま、平太は筆と硯を用意して、自らも文机《ふづくえ》の前に膝をつく。すると、斜め前の机に陣取っていた一蔵と留助が、待ってましたとばかりに身を乗り出してくる。

「平ちゃん、お帰り。おみえちゃんの長屋に行ってきたのかい」

「う、うん……」

「おみえちゃんは？」

「……いなかった」

「いなかったって？」

一蔵と留助が驚きの声をあげると、年下の男の子たち——茂一、弥太郎、亀三に、それぞれ教本を手渡していた千世もまた、まなざしを平太のほうに向けてきた。

「どうしてだい。おみえちゃん、どこへ行ったんだ？」

「ご近所さんにも聞いたんだけど、どこへ行ったのかわからないんだって。直蔵さんっていうお兄さんともども留守だった」

平太の知らせを聞いてからも、一蔵と留助がひそひそ話をつづける。

「直蔵って、おみえちゃんの兄貴かい？」

「そうそう、手習い所に忍び込んだっていう、あいつだよ」

「ひでえよな、せっかく妹が頑張っているっていうのによ。どうして、おみえちゃんみたいないい子に、あんな兄貴がいるんだろ」

するとさっそく、「一蔵、留助」と、千世の叱責が飛んでくる。

「よく知りもしないのに、他人の家のことをとやかく言うものではありませんよ。おみえのことよりも、あなたたち、午前の分の手習いはきちんと終わるのでしょうね？」

千世に咎められ、一蔵と留助は話をやめ、あわてて手習いに戻る。

一蔵は、年が改まれば、浮世絵の摺師のところへ見習いに入ることが決まっている。その準備のため、近ごろは行儀見習いや、苦手な帳簿付けの基本を学んでいるところだ。絵の才能は申し分ないので、あとは世に出るための初歩の初歩を、身につけておいたほうがよいだろうという千世の配慮だった。

留助のほうも、一蔵が手習いをやめれば、つぎは自分の番だという思いがあるのだろう。読み書きでも算盤でも、これまでは苦手なところはほうっておいたのだが、近ごろになって克服のために復習をはじめている。

ほかの筆子も、おのおの手習いに没頭しはじめた。それらを見て、平太も机につくのだが、おみえのことが気になって、なかなか手につかない。

筆を握るとつい考えてしまうのだ。

おみえだって、本来ならば一蔵や留助とともに、近いうちに独り立ちの準備をはじめるところだったはずなのに、と。

――おみえちゃん、いったいどこへ行ってしまったんだろう。

――元気でいるかな。ご飯は食べているかな。

平太は気もそぞろで、いつまでたっても、机の上の教本とにらみ合いをしたままだ。たまらず見かねて、千世がうながしてくる。

「平太、いいから、あなたもはやく手習いを始めなさい。昼まであまり時がありませんよ」

「はい。でも……おみえちゃんが」

「おみえのことが気になるのはわかります。そのことは、あとで新七に話をつけておきますから、大人たちにまかせておきなさい。あなたには、あなたのやるべきことがあるはずですよ」

「わかりました」

しぶしぶながら、平太はうなずいた。それでも虚《むな》しさは隠しきれない。己はいまだ幼い子どもに過ぎないのだと、思い知らされた。

おみえに何もしてやれない非力さしか、持ち合わせていないのだと。

だからこそつよく考えることがある。

一昨日、おみえに問われた。「何かやりたいことがあるのか」と。とっさにこたえられなかった。平太は自分のためにやりたいことを探すのに、まだ心苦しさを感じていたからだ。けれども、いまならばこたえられる気がする。

「おれは、人を助けられる大人になりたい」

自分にいったい何ができるのかはわからない。だが、どんな形でもいい。いつかは人の助けになる、役に立つ、せめて困っている女の子ひとりを救うことができる、そんな人間になりたいと心から願った。

つい、そんな心の声が、口をついて出たのかもしれなかった。

文机に向かう平太の背中を、千世がそっと撫でてくれる。

「きっとなれますよ、平太。だからいまは手習いをつづけましょう」

おもいがけず優しい言葉をかけられ、平太は泣き出しそうになってしまった。

だが、自分が望む大人になるためにも、ここは泣いてはならないと言い聞かせた。すこしずつ、つよくなっていかなければならない、人を励ましていける人間にならなければいけない。

そう思ったからこそ、平太は歯をくいしばった。涙を堪《こら》えた。

午前の手習いが終わるまで、脇目もふらずに算術書を解きつづけた。

千世やほかの筆子たちの前では、涙を堪えた平太だったが。

昼時になり筆子たちがいったん帰宅していくなか、おみえに渡すはずだった握り飯が、ふところに入ったままだったことに気づいた。

藁苞を机に置いてから部屋の掃除をしていると、玄関のほうで、新しい筆子候補の母親が、なにやら千世と話し込んでいる姿が見えた。上がり框《がまち》では、女の子がじっと立ちつくしている。

その立ち姿がひどく心もとなげで、平太はおもわず話しかけていた。

「お母さんの話がおわるまで、こっちに座っていたら？」

平太が声をかけると、女の子は肩をふるわせ、おずおずと振り返った。小さくてつぶらな瞳のなかには、かすかな恐れの色が見える。緊張しているのか、せせらぎ庵が気に入らなかったのか。怯《おび》えている女の子の様子が、ひと月前の己の姿に重なって、ほうっておけなくなる。

「おれ、平太っていいます。きみは？」

「……さと、です」

「おさとちゃん。今朝は、あわただしくてごめんね。いつもはもっと和気《わき》あいあいとしているんだけど。いま筆子のひとりが長いあいだ休んでいて、迎えに行ってみたんだけど、家にいなくて。それですこし暗い雰囲気になっちゃった」

「迎えに行ってあげたの？　ほかの子にも、そんなことをしてくれるの？」

「うん。だって、断りもなくずっと休んでいたら、気になるでしょ？」

平太がこたえると、おさとと名乗った女の子はうつむいたあと、ふたたび顔をあげ、かすかに表情をゆるめた。笑っているのかどうか、よく見ないとわからないくらいの微笑だ。だが、おさとの体から、先ほどまでの緊張が抜けていることはわかったので、平太も笑みを返す。

おさとと一緒に手習い部屋に戻ってから、文机のそばに座って話をはじめた。

「じつは、おれもね、先月ここに来たばっかりなんだ。実家は遠いところにあって、住み込みで手習いをさせてもらってる」

「どこから来たの？」

「上州の、鎌原村っていうところだよ」

「ふぅん。平太さんは、いくつ？」

「十一。だけど、わけあって四年も手習いをさぼっていたから、ほかの子よりすこし遅れているんだ。でも、ここでは焦らなくても丁寧に教えてくれるから、せっかくだし、色々なことが身につくまで、ゆっくり手習いをさせてもらおうと思っているんだ」

「そうなんだ……」

おとなしそうなおさとだが、平太から水を向けてあげると、さまざまなことにこたえてくれる。いまは十歳であること、事情があって、十歳になるいままで、手習いに通ったことがなかったこと。平太の身の上を知ると、自らも、せせらぎ庵を選んだわけを聞かせてくれた。

「あたし、六つのときに大きな病気をして」

言って、おさとは着物の袖をまくって右腕を伸ばしてみせた。だが、その右腕は驚くほど細く、力なく見えた。聞けば、六つのときに高熱を発する病を得て、長いあいだ臥《ふ》せったのち、右手が思う通りに動かせなくなってしまったのだという。

「これでも、すこしは動かせるようになったんだ。利《き》き手がこんなだから、筆もうまく握ることができないし、算盤もできないし。同じ年ごろの子には、遊びでも、手習いでもついていけなくて。ずっと家にひとりでいたの」

「………」

「手習いは諦めていたんだけど。でも、つい最近、近所の人からせせらぎ庵の話を聞いて、見学してみたくなった。子どもひとりひとりに合わせて、手習いをしてくれるっていうから、わたしなんかでも通えるのかもしれないって。先生はちょっと恐いって聞いていたけど……」

「そうだったんだね」

おさとの細い右腕を見つめながら、平太はうなずいた。自分が天災に遭《あ》っていたとき、おさとは病と闘っていた。人にはさまざまな事情があって、苦しいのは己だけではないのだと、あらためて思い知る。

おさとは自ら苦しみを乗り越えようとしているのだろう。そのために、手習いに通いたいと申し出たのだろう。おとなしそうな子だが、心のつよい子なのだ。

感嘆しつつ、平太は言葉をつづけた。

「それで見学してみて、千世先生のことはどう思った?」

「ちっとも恐くなんかなかった。さっきね、千世先生とすこし話をしたんだけど、利き手を左手にすることだって、頑張ればできるかもしれないし、なにも諦めることはないって言ってくれた。ほかの子たちと、おなじことができるって」

「もちろん、できるよ」

千世ならきっと言うだろうし、平太もまた、その言葉を信じられた。

おさとも、嬉しそうに返してくる。

「ありがとう。それにね、平太さんさっき、休んでいる筆子のことを迎えに行っていたって言ったでしょう。だから、ほかの筆子もみんな仲がいいんだろうなって思った。安心した。わたしも通えるかもしれない。うん、きっと通える。おっかさんは、あたしの右手がこんなだから、苛められるんじゃないかって心配しているの。でも、そんなことはなさそうだって言ってみる」

「おさとちゃんが通ってくれたら、きっと、みんなも喜ぶよ」

今度こそおさとは、はっきりと見てとれるくらい、とびきりの笑顔を浮かべた。

その表情を見ていると、沈みがちだった平太の気持ちも晴れてくる。相手を気遣っていたつもりが、かえって励まされていることにも気づき、すこし恥ずかしさも感じてしまう。

その後、母親に連れられて帰って行くおさとの姿を見送りながら、やはり、平太はおみえのことが気にかかっていた。新たにせせらぎ庵に来る子もあれば、通わなくなる子もあらわれる。きっとこれからも、幾度か繰り返されることなのだろう。いつかは平太だって、せせらぎ庵を出て行くのだ。それでもできるだけ長く、仲良くしてくれる筆子たちと、ここにいたいと思ってしまう。

おさとたちが帰ったあと、おみえにあげるはずだった握り飯を自らが食べながら、平太はすこしだけ涙ぐんでしまった。

「おみえちゃん、いまごろどうしているかな」

ただ忙しいというだけならよいが、体を壊していたり、物騒《ぶっそう》な目に遭ってはいないだろうか。また会うことはできるのだろうか。さまざまなことを考えてしまって、けっきょく、その日はろくに手習いに集中できなかった。

午後の手習いを終え、一日の後片づけもどうにかこなし、床についた平太だったが、やはり気が張っていたのか、ふと夜中に目を覚ましてしまった。枕が濡れているのは、日中は我慢していた涙が、知らず知らずのうちに溢《あふ》れ出たせいらしい。

「情けない……」

ぼやきつつ身を起こすと、となりの部屋から、襖越しにかすかな明かりが入り込んでいることに気づいた。

千世がまだ起きているのかもしれない。

平太が寝所として使っている部屋は、日中手習い所として使っている部屋のとなりで、その八畳間を挟んで千世の部屋がある。

床から這い出た平太は、自分の部屋の襖をそっと開けてみた。手習い部屋として使っている八畳間は暗かったが、その向こうにある千世の部屋からは、たしかに明かりが漏れていた。目を凝《こ》らし、耳を澄ます。奥からは、明かりだけではなく、ひそやかな話し声も聞こえてくる。

部屋を抜け出た平太は、手習い部屋の八畳間を、文机にぶつからないよう気をつけつつ横切り、千世の部屋の前に張りついた。息をひそめて襖の向こうの気配を探っていると、突如《とつじょ》、

「平太か？」

と、襖の向こうから男の人の声があがった。

内心、心ノ臓が飛び出そうになりながら、平太は「はい」とこたえてから、遠慮がちに襖を開ける。瞬間、つんと鼻をつく酒精《しゅせい》が漂ってきた。子どもの平太がむせ返りそうなつよい匂いだ。

千世の部屋では、主人の千世と、もうひとり壮年の男が、酒徳利を間に挟んで、それぞれ杯を傾けているところだった。男にはもちろん見覚えがある。平太

をせせらぎ庵に連れてきた張本人、根岸鎮衛だった。

「こんばんは。ご無沙汰しております、根岸さま」

「おぉ、平太。ほんとうに声が出るようになったんだな」

およそひと月ぶりに顔を合わせる鎮衛は、胡座《あぐら》をかいたまま平太を見あげ、

「でも声変わりはまだかな」と、うっすら笑みを浮かべてみせた。

「とはいえ、ほんのすこし見ないあいだに、ずいぶんと背が伸びたものだ。顔色もよくなって、すっかり年相応の男の子といった風貌だ」

言いながら、鎮衛は自分の右頰を指でさし、なにごとかを平太に目配せしてくる。そこで平太は、自分の右頰に涙のあとがついていることを悟り、寝間着の袖であわてて頰をぬぐった。

平太が恥ずかしげにうつむくと、鎮衛は呵々《かか》とおかしそうに笑っている。

そんなふたりのやりとりを見ていた千世が、酒が注がれた杯をいっきにあおり、熱そうな息を吐いてから言った。

「なんですか、男どうしでひそひそと。気味が悪いったら」

「男には張らなけりゃいけねぇ意地ってもんが、あるもんだ」

「わけのわからないことを」

「わからないのなら、わからないでいいってことよ。それよりも平太、お前も、千世とおなじ理由で寝つけなくなって起きてきたんじゃねぇのかい」

「まぁ座んな」と鎮衛が、平太にも席につくようにとうながした。ふたりの間に平太が小さくなって正座すると、鎮衛が自らの羽織《はおり》を肩にかけてくれる。

「おみえっていう筆子のこと、平太も気になっているんだろう。おれとはじめてせせらぎ庵を訪ねたとき。あのときに見た、薙刀で切られそうになっていた男。あれが、おみえの兄貴だったんだな。あんな兄貴のもとにいたんじゃ、そりゃ気がかりだよな」

「はい……」

「千世も同様だ。今日の手習いが終わってから、すぐに吉次親分と新七のもとへ相談をもちかけたんだとさ。先刻、新七がおれにも知らせに来てくれた」

「そうだったんですね」

いつの間にそんな手配をしたのか。手習いのあとに、平太が筆子たちを見送ったり、部屋の掃除をしているあいだに、吉次親分の家まで往復してきたということか。かなりの駆け足で町内を疾走したことだろう。驚いて平太が目を丸くしていると、千世は咳払《せきばら》いをしてから言葉を継いだ。

「わたしが訪ねて行ったあと、さっそく新七が、おみえの身辺を調べてくれたそうですよ」

「新七さんが？　すばやいですね」

「あいつはあれで目端《めはし》が利くし、要領がいい。若いができる男だ。それで先刻に、新七がおれの役宅まで訪ねてきてくれてな。だいたいの事情がわかったんで、千世にも知らせに来たってわけだ」

千世にもこれから話すところだった、と告げてから、鎮衛はもうひと口だけ酒をあおり、杯をおいた。それ以上は注ごうとはせず、懐に手を入れてしばし考え込む。

焦《じ》れた千世が、黙ったままの鎮衛を急《せ》かした。

「黙っていちゃわかりません。もったいぶらずに教えてください」

「おみえちゃんの居所わかったんですよね？」

「師匠と弟子が一緒になって急かしやがる」

鎮衛が苦笑いするそばで、千世がとうとう腰を浮かして叫んでいた。

「鉄蔵！」

いつの間にか、鎮衛の呼び方が昔の通称に戻っている。それだけ千世も焦《あせ》っているということだ。教え子のことが気が気ではないのだ。

「鉄蔵、教えてください。おみえに万が一のことがあったら……」

「わかった、話す。話すが、お前たちでどうにかしようという短慮は起こさんでくれよ。ここはひとまず、新七や吉次親分にまかせておくんだ。あの男たちのことだ、とっくに町方役人にも言上しているだろうし、なにより、ことは複雑だからな」

「……わかりました」

ひとまず千世が納得してみせると、さて、どこから話そうかと鎮衛は懐手をして考え込む。そのとき、なにか思い当たることがあったらしく、そういえば——と、顔をしかめてみせた。

「うん、待てよ。町方に知らせたってことは、あいつの耳にも届いているかもしれねぇな。とはいえ、わざわざあいつが出張《でば》ってくることもねぇだろうが」

「鉄蔵、何を言っているのですか。まずは、おみえのことですよ」

「おう、わかっているって。そう急かすない。いまから話すぜ」

「お願いします」

気を鎮めるために、千世は、最後の一杯を胃の腑《ふ》にそそぎこんだ。

あとはそれっきり杯を置いて、居ずまいを正し、鎮衛の話に耳を傾ける。平太もまた、師匠にならって正座をした。

牛込水道町の朝。神田上水沿いにある町並みを行く人々は、いつもと変わらぬ挨拶《あいさつ》を交《か》わし、いつもと変わらぬ朝の習慣をこなしていく。町中にこぢんまりと建つせせらぎ庵でも、一見、いつもと変わらぬ朝を迎えていた。

おみえが通ってこない——ということを除いては。

平太がせせらぎ庵の門前の掃き掃除をしていると、ちらほらと筆子たちが通ってくる。年下組の男の子たち三人が、いまだ眠気が抜けない顔で「おはよう、平ちゃん」と挨拶をしてくるので、平太もまた竹箒を動かしながら、

「おはよう」

と返した。

その後もせっせと掃き掃除をつづけていると、一蔵と留助が、最年少六歳のおはつを一緒に連れてあらわれた。おはつは、普段だったらおみえが連れて来るのだが、おみえが行方知れずなので、一蔵と留助が同伴を買って出たらしい。

「おはよう、平ちゃん。今日も掃き掃除ご苦労さん」

「一《い》っちゃんや留ちゃんも。おはつちゃんのこと、連れてきてくれてありがとう」

「おはつちゃんの家は通り道だから平気だよ。ところで、おみえちゃんは、今日も来てないのかい？」

「うん……」

「そっか、気がかりだね」

「ほんとうだね……」

　おみえが今日も来ていないことを知って、一蔵たちも肩を落とした。おはつなどは、おみえが恋しいあまりにぐずってしまい、一蔵と留助が宥めながら、足取りも重く手習い所に入って行く。

　筆子たちがなかに入っていくのを見送りながら、平太もまた、つられて泣きそうになってしまう。それでも、竹箒を握り締めて、すぐに気持ちを切り替えた。昨晩、鎮衛から「短慮は起こすな」と注意されていたこともあったし、ほかの用事も控えていることを思い出したからだ。

「いけない、はやく掃除をすませなけりゃ」

平太はあわてて掃除を再開した。近ごろでは、近所の大店《おおだな》の庭にある欅《けやき》から、黄色く染まった葉がよく落ちてくるので、門前の掃き掃除にも手間がかかる。しかも今朝は、手習いが始まるまでに、行かなくてはいけない場所があった。

おさとを、迎えに行くのだ。

昨日、せせらぎ庵を見学したおさとは、もし通う気ができたのなら、神田川にかかる石切橋《いしきりばし》まで来ることになっていた。おさとが暮らす長屋は橋の近くにあり、最初のうちは道に迷うかもしれないから、迎えに行ってやってほしいと、千世から言われていた。刻限になってもおさとがあらわれなければ、そのまま引き返してくればよい、とも。

「なんだか今朝は忙しいな」

平太がせせらぎ庵に住み込んでから、およそひと月。千世から申し渡される用事が、日に日に多くなっていくのは、気のせいだろうか。それでも、おみえのことを考えると哀しくなってしまうから、いまは忙しいほうが、ありがたかった。

門前の掃き掃除をすませ、かき集めた落ち葉を庭の屑《くず》置きに積んだあと。竹箒を玄関にしまった平太は、すぐさませせらぎ庵を飛び出した。

はたして、石切橋の袂におさとは立っていた。

向かいから歩いてくる平太の姿をみとめたのか、おさとは左手を大きく振りつつ、自ら駆けよってくる。

「おはよう、平太さん」

「うん。昨晩、おっかさんと話し合ったんだけど。いつまでもひとりでいるわけにもいかないし、せせらぎ庵なら、わたしの腕のことで苛《いじ》めてくる子もいないだろうからって、お願いすることにした」

「よかった」

挨拶を交わした後、平太とおさとは肩を並べ、せせらぎ庵までの道のりを歩きだす。

歩きながら、おさとはかるく頭を下げた。

「朝の忙しいときに、わざわざ迎えに来てくれてありがとう。今日と、あともう一日くらい一緒に通ってもらえれば、道もおぼえられると思うから」

「構わないよ。千世先生のお手伝いをすることは、せせらぎ庵に居候させてもらっている、おれの務めだから。働かざる者食うべからずは、よく言われることだ。もっとも近頃は、先生の人使いもずいぶん荒くなってる気がするけど」

相手を恐縮させないために、わざとおどけてみせた平太だが、となりを歩くおさとは、そんな平太の様子を気がかりそうに見つめてくる。

「平太さん、なんだか昨日より元気がないみたい」

「え？」

「あまり眠れていないんじゃない？　目が腫《は》れぼったいもの」

「そ、そうかな……」

「なにかあったの？」

平太はとっさにこたえられなかった。

なにかあったかと問われれば、ありすぎた。昨晩、千世や鎮衛とともに夜更《よふ》かしをしたのが顔に出てしまったのか。あるいは、おおいかくした気持ちが透けて見えてしまっているのかもしれない。路地をいくつか曲がり、せせらぎ庵へとつづく坂道の下にたどり着いたときに、「じつは」と、平太は白状した。

「今日も、おみえちゃんが来なかったんだ。いや、もうこれきり、来ないかもしれない」

「おみえちゃんって、昨日、平太さんが家まで迎えに行ったっていう子のこと？」

平太がうなずき返すあいだにも、のぼり坂が急になっていく。ふたりは、すこしだけ息をはずませつつ坂をのぼりつづけた。だが途中で、ふいにおさとが足を止めた。

「また迎えに行ってあげないの？」

唐突に問われ、平太もまた足を止める。

「迎えに？　おみえちゃんを？」

「だって、わたしのことはこうして迎えに来てくれた。おみえちゃんに、また来てほしいのなら、今日も迎えに行ってあげたらいいと思うのだけど」

「昨日も言ったけど、おみえちゃんは、もう家にいないんだ」

「いま、どこにいるかもわからないの？」

「いや……いる場所は、わかったんだけど」

そうだ。昨晩、根岸鎮衛に、おみえの居所は聞いていた。

だが、くれぐれも行動はおこすなと釘を刺されていたから、気にしないふりをして、いつも通りの朝を過ごそうとしていた。おさとには、わざと気丈にふるまってみせていた。

ほんとうは、いますぐにでも会いに行きたいのに、その気持ちに蓋《ふた》をしていた。

平太の心情を見透かしたのか、おさとは、真正面から問いかけてくる。

「詳しいことはわからないけど。いる場所がわかっているなら、おみえちゃんのことが気がかりなら、せめて会いに行ってあげたらどうかな」

「………………」

おさとの言う通りかもしれないと、平太は思い直す。

鎮衛には止められているが、言いつけに従って、これきりおみえに会えなかったとして、後悔は残らないのだろうか。会いに行ったところで、何もできないかもしれないが、せめて、ひと目会って、言葉をかけることはできないだろうか。

筆子仲間が困っているときに、知らんぷりをしたままでいいのだろうか。

――このままで、いいわけがない。

平太は己自身に言い聞かせる。さまざまなことを考えに考えたあげく、ある決意をした平太は、しずかに待っていてくれていたおさとに向かって願い出た。

「おさとちゃん、お願いがあるんだ」

「なぁに？」と、おさとが、つぶらな目で見返してくる。

平太は、坂の上を指さしながら言った。

「この坂をのぼりきったら、せせらぎ庵に着くから、先に行っていてくれないかな。千世先生やほかの筆子のみんなに、すこし用事を思いついたから遅れると言っておいて。ごめんよ、ちゃんと最後まで送ってあげられなくて」

平太は、これからおみえを迎えに行くのだとは、口に出しては言わなかった。だが、おさとは、すべてわかっているといったふうに、穏やかにほほえんでいる。あまり自由に動かせないという右腕をのばし、ほっそりとした手で、平太の背中を優しく押してくれた。力は弱いが、あたたかい手だと思った。

「行ってらっしゃい、平太さん。わたしは、ここまでくれば大丈夫。先生やみんなにはきっと伝えておくから」

「ありがとう、おさとちゃん。ほんとうに……」

「気をつけて行ってきて」

わかった、と平太は大きく返事をした。すぐさま、いまきた道を引き返す。ある場所を目指し、半ばまでのぼってきていた坂道を、いっきに駆け下りていった。

息もきれぎれになって平太が辿り着いたのは、御持組《おもちぐみ》の組屋敷が建ち並ぶ武家町のすこし手前、改代町《かいだいまち》にある、井筒屋《いづつや》という口入れ屋前だ。この場所は、昨晩、根岸鎮衛から伝え聞いたところだった。江戸に来て間もない平太はさんざん迷ったが、町名と店の名を頼りに、ほうぼうを聞き回り、やっと辿り着いた。井筒屋という口入れ屋には、ひっきりなしに人が出入りしているさまが見て取れた。

口入れ屋は、奉公人の仲介を商いとするところだ。雇い主と奉公を望む人との間に立ち、年季奉公の期間や、給金、人材の紹介など、折衝《せっしょう》を代わりにこなし、仲介料で儲けを出す。井筒屋は、ほかに両替商もしているらしく、人の出入りが激しいのもうなずけた。

店の前につっ立っていると、邪魔になるからどいてくれとあしらわれてしまうくらいだ。そこで、表通りを挟んで反対側の路地裏に入ったところで、店の様子を遠くから観察する。

——あそこにおみえちゃんがいるって、根岸さまが言っていたんだ。

通り一本挟んであらためて見てみると、目的の店は、なるほど間口が広く、『井筒屋』と書いた暖簾《のれん》が堂々とかかっていた。下っ引きの新七が調べたところによると、おみえは、数日前からそこに預けられているらしい、とのことだ。

かな。

——ほんとうに、おみえちゃんがいるのかどうか、聞くだけでも聞いてみよう
　店構えの大きさに気後れしてしまったが、せめて、おみえがいることだけでも確かめたかった。平太は、緊張で高鳴る胸をこぶしで叩いてから、路地裏から表通りへ出て行って、もう一度店の前に立つ。それでも、いきなり入って行く勇気がわかず、暖簾《のれん》越しに店のなかを覗き見していると、いきなり背後から首ねっこを摑《つか》まれた。

　驚いた平太が「うわわっ」と小さく叫んでいるあいだにも、襟元を引っ張られ、先ほど張っていた路地へと引きずり込まれた。

「な、なんですか。やめて、やめてください」

　平太が両腕を振り回して暴れると、首根っこをつかんでいた人間が、やっと手をはなしてくれた。だが、代わりに「おい、このガキ」と、ドスの利いた声で恫《どう》喝《かつ》をしてくる。

「お前、あんなところでなにをしてやがった」

「え？　あれ、新七さん？」

　そう。平太の前に立ちはだかり、切れ上がったまなざしで睨《にら》んでくるのは、か

って千世の教え子だったという下っ引きの新七だった。以前せせらぎ庵を訪ねてきたときのおどけた様子とはうってかわり、厳しい顔つきをしている。

新七は腕まくりをし、平太の胸倉《むなぐら》をつかむと、さらに詰め寄ってきた。

「おい、平太、こたえやがれ。あんなところでなにをしていた」

「なにをって、その……昨日の晩、根岸さまから、おみえちゃんがあの店にいるって話を聞いたから」

「聞いたからどうした。まさか、おみえちゃんを助けに来た、なんて言わねぇよな？」

「それは……」

「どうしたい、新七。そっちの坊やは誰だい」

平太が新七に問い詰められていると、裏通りのさらに奥まったところから、落ち着いた声音の男があらわれ出た。見た目は四十代半ばくらい、張りがきいた黒《くろ》半纏《ばんてん》に尻はしょりをした、隙のない身ごなしの男だ。

「親分」と、新七が男のことを呼んだので、平太はすぐに思い出す。以前に、一度だけせせらぎ庵を訪ねてくれた、新七の上役、岡っ引きの吉次親分だった。

新七が平太の頭に手を置き、吉次親分に向かって無理やりに一礼をさせる。

「騒がせちまってすいません、親分。こいつは平太っていって、おれが通ってい
たせせらぎ庵の筆子です」
「おう、手習い所で一度だけ顔を合わせたことがあるな。さすがは千世さまの教
え子、なるほど、なかなか賢そうな顔つきをしている。で、その筆子の坊やが、
こんなところでなにをしているんだい？」
「こいつ、きっと、例のおみえちゃんの様子を探りに来たんだ。おい、そうだろ
平太。白状しろ。こんなことをして、千世先生は知っているのか」
　頭を押さえつけられたまま、平太は消え入りそうな声でこたえた。
「千世先生には黙って来ました」
「ほらみろ、やっぱり思ったとおりだ。先生が、こんなことを許すはずがねぇ」
「まぁまぁ、新七、そんなふうに怒鳴《どな》っていたら、平太も話をしにくかろう。手
をはなしてやれ」
「へい」
　新七は、平太の頭に置いていた手をはなし、それっきり黙り込む。それを見て
うなずいてから、「やれやれ」と吉次親分は太い眉を下げて、立ちすくむ平太を
見おろした。

「では平太に尋ねるが、おみえがなぜ、あの井筒屋にいるのか、詳しいことも根岸さまから聞いたんだな？」

「聞きました」

「おみえが、兄貴の直蔵によって、わずかな銭と引き換えに預けられたことも、知っているわけだ」

「はい……」

「預けるというのは建前で、その実、身売りも同然だ。しばらく預けられたのちは、井筒屋によって、どこぞへ奉公にあげられる。しかも質《たち》の悪い奉公先だ」

「…………」

「井筒屋は本業のほかに、おみえみたいな、哀《あわ》れな子どもたちを売り買いして儲けを出している。おれたちも前々から目をつけてはいたが、確たる証が得られないために、しょっぴけなかった。相手はそんなふうに、したたかで隙の無い連中だ。それがわかっていて、お前はなぜ先生に黙ってこんなところまで来た。おみえのことは、おれや新七に任せておけと、根岸さまや千世先生に言われなかったかい」

吉次親分は長身を屈《かが》め、平太と目線を合わせながら、優しく問いかけてくれる。表情も穏やかであるし、口調もやわらかい。だが、声には厳しいものがひそんでいるのを、平太は敏感に感じ取った。

親分には言い訳は通用しない。素直にこたえるしかないと思い、平太は口を開いた。

「根岸さまには、たしかにそう言われました。千世先生にもです」

「では、根岸さまや先生の言いつけを破って来たってことだな？」

「はい……すみません。でも、このままじゃ後悔が残ると思ったんです。おれが訪ねて行ったところで、どうにもならないのはわかっています。だからといって、このまま、おみえちゃんと一度も会えないまま、お別れをしてしまっていいのか。おみえちゃんが、あたかも最初からいなかったみたいな素振りをして、のうのうといつもの暮らしをしていていいのか。そんな薄情な人間にはなりたくないと、せめてひと目でも会えたらと思って、おれは……」

「ばかやろう！」

平太が言い終わる前に、割って入ってきたのは新七だった。吉次親分の制止を振り切って、平太に摑みかかってくる。いきおいあまって平太は突き飛ばされ、尻から地べたに転がった。

その平太に、さらに新七が馬乗りになり、胸倉を摑んでくる。

見かねて吉次親分が怒鳴り声をはりあげた。

「おい、子ども相手に見苦しいぞ。やめねぇか、新七！」

「とめねぇでください親分、子どもだろうとなんだろうと知ったことか。せせらぎ庵のもと筆子として、こいつには、ひとつ言ってやらねば気がすまねぇ。やい平太、てめぇはそんな身勝手な理由で、危ない橋を渡ろうとしたっていうのか。千世先生の気持ちは考えなかったのか。こんな無茶をしやがって、おみえだけでなく、てめえの身にまでなにかあったら、あの人が立ち直れると思うのか！」

新七はさらにまくしたてる。

「いいかよく聞け、てめえのやっていることは、親不孝も同然だ！」

新七の怒鳴り声が、平太の胸をするどくえぐった。

平太はさめざめと泣いていた。

新七の剣幕《けんまく》が恐ろしかったからではない。己の浅はかさが身に沁《し》みたからだ。

悔《くや》し泣きだった。

「まったく、大人げねぇんだよ、おめぇはよ」

平太自身の泣き声に混じって、吉次親分の呆《あき》れ声が聞こえてくる。それに対し、「面目《めんぼく》ねぇ」と、新七のしょげ返った声も聞こえてきた。

平太の呼吸がすこしだけ落ち着いてくると、

「平気かい。どこか打っちゃいねぇか？」

と、吉次親分は怪我を心配してくれる。

平太が涙をぬぐいつつうなずくと、吉次親分はしずかに諭《さと》してくれた。

「言い方はきつかったかもしれねぇが、新七の言いたいこともわかってやってくれ。おみえが預けられている井筒屋は、このあたりでは知らない者のない大店だ。主にしたって、海千山千《うみせんやません》の商人である上に、裏の顔は悪徳の人買いで、子どもの手に負える相手じゃねえ。そんなところへひとりで乗り込めば、おみえだけではなく、お前までとっ捕まって、どこぞへ売り飛ばされちまうかもしれねぇんだからな」

「はい……」

「お前だって身売りなんてされたくなかろう」

「あいすみませんでした。でも……また怒られるかもしれないけど、言わせてください。井筒屋さんが悪いことをしているのをわかっているのに、親分さんたちは、何もできないままなんですか」

「おい平太、いいかげんにしろ」

「いいんだよ新七、ほんとうのことだからな。うぅん……そうさな。いま平太がやろうとしたように、真正面から行っても無理だろう。井筒屋の巧《たく》みなところはな、人の弱みにつけ込むところだ。おそらく奴は、兄貴の直蔵がよほど銭に困っているとみて、追い込みに追い込んで、なけなしの銭を与える代わりに、一筆書かせるか言質《げんち》を取っているに違いない。兄貴が銭を受け取る際、妹がどんな悪条件の奉公先に出されたとしても、文句は言わない、金輪際《こんりんざい》関わらない、ってな。おみえが自ら望んで、井筒屋に預けられたことにもなっているかもしれない。兄貴と井筒屋がよってたかって、おみえを陥《おとしい》れたってことだ」

「そんな、おみえちゃんが、かわいそうだ……」

「まったくだ。血のつながった兄貴のやることかね。野郎は酒を飲みすぎて、頭がまわらず、人の情も忘れちまったんだろう。妹を売った銭で、また酒を飲むのか。あるいは博打《ばくち》でも打つのか。そして、わずかな銭欲しさに預けられた妹は、奉公先でどんな仕打ちを受けるやら」

「そんなこと、許されるんですか。どうにもならないんですか」

「そういう条件で、兄がよいと言って、しかも銭まで手にしてしまったのだから、おもてむきは悪事ということにならんのだな」

突然のことだ。吉次親分がこたえる代わりに、背後から、べつの声が平太たちの会話をさえぎった。

「わっ」と驚いたのは平太だけではない。吉次親分も新七も、あわてて声のほうを振り返った。声の主をみとめると、すっかり恐縮して、深々と頭を下げる。

「こ、これは、曲淵《まがりぶち》さまじゃござんせんか」

平太たちの背後に立っていたのは、皺《しわ》ひとつない羽織袴《ばかま》に身をつつんだ、見るからに由緒《ゆいしょ》正しいお侍さまだ。すぐ後ろには、影のごとく付き人がひとり控えている。お侍さまの年は、根岸鎮衛と同じ五十過ぎくらいだろうか、わずかに白いものが混じった鬢《びん》はきれいになでつけてあり、細面《ほそおもて》で色白で、じつに品が良さそうだった。

おもわず見惚れながら、平太が、新七に耳打ちする。

「あちらの方は、どなたですか？」

「ばかやろう、頭《ず》が高いや。あちらにおわすのは北町《きたまち》奉行の曲淵景漸《かげつぐ》さまとおっしゃるんだい。おれたち捕り方にとっちゃ、上役の上役の、さらに上役の……とにかく、とんでもなく偉いお方だぞ。おれらなんかは、おいそれと話をするどころか、目を合わせるのだってはばかられるってもんだ」

「根岸さまより偉い方ですか？」

「え？　根岸さま？　えぇと……あの人もお奉行だから、おそらく同じくらいだと思うけど、あの方ときたら、普段からあまり偉そうじゃねぇからな。よくわからねぇな」

「根岸鎮衛どのだったら、きっと、わたしより偉いよ」

平太たちのひそひそ話を聞きつけて、曲淵景漸と呼ばれた男が、見た目に反せず涼《すず》やかに笑いかけてくる。

微笑みかけられ、平太と新七は恐縮しきってしまい、返す言葉もない。代わりに、吉次親分が遠慮がちに進み出た。

「いやはや、これは参ったな。曲淵さまともあろうお方が、いったい、どうしてこんなところに？」

「うむ」と神妙にうなずいてみせてから、景漸は告げた。

「そちらの若い者が、昨日、奉行所に知らせてきたであろう。井筒屋で、子どもの売り買いが行われているかもしれぬ、とな」

若い者とは、新七のことを指している。

そういえば昨晩、根岸鎮衛も言っていた。新七が、自分のところのほかに、おそらく町方役人にも、今回の一件を届けているだろうと。あのとき鎮衛がこぼしていた「あいつ」とは、もしかしたら曲淵景漸のことだったろうかと、平太は憶測していた。

平太が考えているそばで、知らせた本人である新七は、ますます恐縮して腰を低くする。

「たしかに町奉行所に知らせたのはおれですが、まさか、曲淵さまのお耳にまで入るとは思っていませんでしたので。とんだご足労をかけちまいました」

「いや、ちょうどよかった。井筒屋のことは、わたしも前々から気に懸けておって、手入れの機会がないか、つねづね見張っていたところだった。だが、つい先日、ひょんなことから証らしきものを摑んでな。そこにくわえて、今回の新七の知らせがあった」

「へ？　そうなんで？」

「とはいえ、奉行所の下から上へ、正式な手続きを取っていたのでは時がかかり過ぎる。いま大急ぎで段取りを進めているが、この機を逃す手はないから、わたしが先に駆けつけたというわけだ」

「へへぇ」

いかにも秩序を重んじそうな見た目に反し、やることが案外大胆だ。度肝《どぎも》を抜かれた体《てい》の吉次親分が、戸惑いながらふたたび尋ねる。

「なんてこった。平太といい、曲淵さまといい、今日は驚かされることばかりだ。もちろん、お奉行さまのお力添えがあれば百人力ですが、いったい、証ってやつはどこからふってわいたんで？」

「それがな、ほんの二日前のことだ」

景漸はことのあらましを話しはじめた。

奉行所のとある同心が、以前から目をつけていた賭場に手入れをした。そこには罪人が足しげく通い、頻繁に刃傷沙汰《にんじょうざた》が起こっているという噂があった。その日も賭場が荒れて大騒ぎになったので、ついに見かねて踏み込んだ。そこで捕らえた者のひとりのお調べを行っていたところ、いかさまを行ったほかに、人を売り買いしたことを白状した者があった。

「人を売り買いしたですって？　で、その賭場にいた男ってのは？」

「牛込水道町に住む、直蔵という男だ」

「直蔵!?」

「おみえちゃんの、お兄さん」

これには、平太ばかりではない。吉次親分も新七も呆気《あっけ》にとられた。

おもわぬところで、一昨日《おととい》の賭場での騒ぎと、今回の井筒屋の一件がつながったのだ。驚かずにはいられない。

一昨日――直蔵は、おみえを井筒屋に売り渡したのち、その足で、博打に出かけた。そこでまたもや一文無しになり、いかさまも露見し、賭場の者と揉めた。そこへ手入れが入った。奉行所では、ほかにも余罪がないか、きつい取り調べをしたところ、妹を井筒屋へ売った銭で博打していたことがわかった。

わずかに声を低めて、景漸は語をつづける。

「まったく、わたしも驚いた。賭場の騒ぎを収めるついでに、長年追っていた井筒屋の尻尾《しっぽ》もつかめるとは」

「曲渕さまたちが、根気強く目をつけていたのが、ついに功を奏したのかもしれませんね」

「そうであればよいが」

吉次親分と景漸が話し込んでいる横で、平太もまた、話に聞き入ってしまっていた。もしかしたら井筒屋に踏み込めるかもしれない。おみえを助けられるかもしれない。ことが好転しつつあることを感じ取った平太は、胸が熱くなり、鼓動が速くなるのを抑えようと、自らの胸に手をあてていた。

いっぽうで、新七が我慢しきれずに、会話に割って入る。

「では、いますぐ井筒屋に踏み込めるってことですね」

「いや、それでも、おもてから堂々と踏み込むのは難しかろう」

「どうしてです」

「形として残っている証がないからだ。我らは、直蔵の自白によって、あの男が、井筒屋に妹を預けたことを知っている。だが、世を納得させるには、おみえが井筒屋にいることを、はっきりとさせなければ、正面からは手入れができない」

「だったら」と、ここまで黙っていた平太も、声をあげずにはいられない。

「やっぱり、おみえちゃんは助けに行けないってことなんですか」

足踏みをしているうちにも、おみえは、どこかへ奉公へ上げられてしまうかもしれない。二度と会えないかもしれない。たまらなくなって、平太は景漸の腰にしがみついた。

「お願いです、いますぐ井筒屋さんに手入れをしてください！」

「こら、無礼だぞ平太。手をはなせ」

すかさず吉次親分がたしなめた。だが、景漸は構わないとばかりに片手をあげる。

「いや、踏み込む。いますぐにな」

「ほんとうですか、曲淵さま？」

「そのために、わたしは来たのだ。ことは急を要する。この機を逃したら、二度と井筒屋への手入れができなくなるかもしれない。しかも、今回巻き込まれているのは千世殿の教え子だというではないか。ここで動かねば町方としての沽券《こけん》にかかわるというものだ」

景漸の言葉に、平太は相手の腰にしがみついたまま、目をしばたたかせた。

「お奉行さまは、千世先生のことをご存じなのですか？」

「うむ」と、景漸はうなずき返してくる。

「知っているとも。よく知っている。根岸鎮衛どのとおなじく、わたしも、あの方とは昔なじみだと言っておこうか」

「そうだったんですか」

うなずいておいてから、景漸はすぐに表情を引き締めた。いつもの品のある雰囲気とは一変した厳しい表情だ。

それを見た吉次親分も姿勢をただした。

「ほんとうに踏み込むんですね」

「行こう」

「わかりやした」

そうと決まれば、吉次親分も新七も動きがはやい。踏み込む段取りをつけはじめる。

その様子を眺めながら、平太は焦る気持ちを抑えきれずにいた。

「おみえちゃん……」

いまごろ井筒屋に囚《とら》われているかもしれない、おみえのことを思った。

おみえは、どんなに心細い思いをしているだろう。おなじ長屋の住人の話を聞くと、もともと幸せな生い立ちではなかった。それなのに、天はまだ不幸を与えるのか。

やるせなさを嚙みしめながら、わが身のことと照らし合わせてみる。

平太自身、浅間山噴火に遭ったとき、親と妹を失ったとき、村の仲間を失ったとき、神も仏もないものだと世を怨《うら》んだこともあった。抱えた哀しみは、一生乗り越えることのできないものだと信じ込んでいた。だが、根岸鎮衛という人が復旧の指揮を執り、血のつながらない新しい両親も優しくしてくれ、生き残った村人たちも希望を捨てなかった。そして千世とせせらぎ庵に出会った。周りの人たちの助けのおかげで、どうにか生きのびてこられた。

「おれは運がよかっただけだ」

おみえはどうだろう。平太は手を差し伸べてくれた人たちのおかげで助かったが、実の兄に裏切られたおみえに、そんな人があらわれるだろうか。望まぬ場所に奉公にあがったおみえが、優しくしてくれる人に出会えるのか。会えなかったとしたら、どうなってしまうのか。

ならば、自分がおみえを助けたい——心から思った。

考えているうちにも、大人たちの話し合いは進んでいく。景漸が、吉次親分に指示を与えていた。

「おもてからは踏み込むことができぬ。直蔵の話では、売り物とされる子どもたちが囚われているのは、井筒屋の離れだと聞いている。裏からそこへ忍び込み、おみえがいることを確かめよう。そうすれば、井筒屋の罪が明らかになる」

「ようござんしょう。では、そういう段取りで。まずはあっしが……」

「いや、吉次はここで待っておれ。乗り込むのはわたしだ」

「はい？　曲淵さまが？」

「おもてから井筒屋が逃げたり、子どもたちを連れ出そうとしたときに備え、吉次はここで待っていたほうがよいだろう。そうなったときは、堂々と真正面から井筒屋を捕えればよいのだ」

「なるほど、たしかに……」

しかし、景漸と付き人だけを送り込むことに、まだ迷いを覚えていた吉次親分は、新七もつけることに決めた。

こうして、いざ踏み込もうという段になり、とっさに平太も手を上げる。

「おれも、お奉行さまについていきます！」

大人たちが、いっせいに平太のほうを振り返る。たちまち、「こら、平太！」と新七の叱責が飛んできた。だが、今度こそ平太はひるまなかった。おみえを助けたい。身近に頼れる者を失ってしまった筆子仲間に、どうにかして手を差し伸べたい。かたい決意が、平太を動かしていた。

「親分さん、新七さん、やっぱり黙って見ていることはできません。おれも、おみえちゃんを助けに行きます」

「ガキが、また無茶しようってのか」

新七がふたたび胸倉をつかもうとしてくるので、平太は一歩後方へさがって、相手の手をかわした。かわしながら、あることを訴える。

「無茶をしたいわけじゃありません。でも、囚われた人たちのなかに、おみえちゃんがいるかどうか、確かめなければいけないんでしょう。おみえちゃんがいないと、井筒屋さんの悪事を証立てることができないから。このなかで、あの子の顔をはっきりとわかっているのは、おれだけだと思います」

「なるほど」と景漸が言うそばで、新七はぎりぎりと歯ぎしりをしているし、吉次親分もさすがに渋い顔だ。

「平太の言うことはもっともだが、やはりだめだな。子どもに危ない橋を渡らせるわけにはいかねぇよ」

吉次親分がかぶりを振るので、平太はなおも食らいつこうとするのだが、すぐに新七によって引き留められた。さらには平太が勝手な真似をせぬよう、景漸から引き離そうとした。そのときのことだ。あるものを脇目で見た新七が、「なんだい、ありゃあ」と、すっとんきょうな声をあげる。

平太は、新七の視線を追った。そして見た。

井筒屋の表玄関に面した表通りを、颯爽《さっそう》と通り過ぎる女性の姿があることに。

その女性と、片手に握っているものを見て、平太は飛びあがるほど驚いた。

「千世先生⁉」

そうなのだ。井筒屋前の表通り。身の丈をゆうに越す薙刀を構えつつ、牛込水道町の方角から堂々と歩いてくるのは、平太も新七もよく知る人物――せせらぎ庵の手習い師匠千世だった。

「千世先生、いったい何ごとだい？」

新七がおもわず路地から飛び出して行ったところ、薙刀を構えた千世が、不敵《ふてき》な笑みを向けてくる。

「おや、まだ井筒屋さんへは踏み込んでいなかったのですか。どうやら間に合いましたね」

「間に合ったたって……先生、その姿はまさか？」

「もちろん、わたしも加勢に来たのですよ」

白い鉢巻をきりりと結び、たすき掛けに袖をからげ、薙刀を構えているという千世の勇姿は、聞くまでもなく、やはりそういうことだった。

　おもわず顔をおおった新七につづいて、平太も表に出てきて、千世の前に立った。

「先生、無茶ですよ」

　平太が戸惑っていると、その姿をみとめた千世が、薙刀を構えながら平太をじろりと見下ろす。

「無茶をしているのはどちらです。おさとの出迎えを投げ出して、手習いもさぼって、あなたはいったい何をしているの」

「それは、その……どうしても、おみえちゃんが心配で」

　千世の剣幕に、平太は驚いた。叱られることは覚悟していたが、まさか薙刀を突きつけられてのお説教とは思ってもみなかった。鈍《にぶ》いきらめきをはなつ切っ先を向けられると、おもわず足が震えてしまう。

　つぎの瞬間、千世が動いた。だが、薙刀を振るったわけではない。千世はすかさず空いているほうの手を伸ばし、強烈なおでこ鉄砲を平太の額《ひたい》に見舞った。

「いたっ！」

　強烈な物音とともに、平太は額をおさえて倒れ込む。声も出せないほどの痛みにのたうちまわっていると、さらなる叱責が浴びせかけられた。

「あなたという子は！　なぜこんな勝手をしたのですか。わたしたちがどれだけ心配したと思っているのです」

「……ごめんなさい、千世先生」

平太は詫びるしかなかった。内心では「先生だって我慢できずに駆けつけたじゃないか」とは思わなくもなかったが、先に約束を破ったのは平太なのだし、親不孝をしたも同然だと新七に言われたことも思い出され、ただ素直に謝るしかなかった。

黙って額の痛みに耐えていた平太だが。その背後から、おなじく表通りに出てきた曲淵景漸が、薙刀を構えている千世の前に進み出た。

景漸は、千世に向かって親しげに呼びかける。

「千世どの、お小言はそのくらいで」

「あら？　珍しい方がいらっしゃいますこと」

景漸のことに気づいた千世が、ますます不敵にほほえみかける。その微笑を受けて、景漸も破顔した。お互い笑いあったまま、大胆な言葉を交わしていく。

「町奉行であられる曲淵さまが、こんなところで、何をなさろうというのかしら」

「もちろん、あなたとおなじだ。これから、あなたの教え子である平太を伴って、井筒屋へ乗り込む」

「町奉行が自ら？　奉行所でもいっとう規律に厳しいと言われているあなたが、そんなことをなさってよいのですか？」

「時と場合による。これまで尻尾をつかめなかった井筒屋に乗り込む、またとない機会だ。逃すわけにはいかぬし、それに、千世どのの教え子まで巻き込まれているとなれば、規律など守っている場合ではない。どうだね、千世どのも一緒に行かれるか？」

「段取りはどうなっていますか？」

「そうだな。千世どのが駆けつけてくれたのならば、千世どのにおもての注意を引き付けてもらい、その隙に、確実におみえを救出するためにもわたしと平太が裏の離れに忍び込むというのはどうだろう」

「平太もですか？」

　つぎつぎと話を進めていく千世と景漸をあいだで、あわてふためいたのが新七だ。

「おいおい、千世先生も、曲淵さまも、待っておくんなさいよ。平太を連れて行くって？　子どもを連れて行くのは危ないと、親分も言ってましたぜ」

「新七さん、おれは行きます」

新七の言葉をさえぎって、平太は声をあげた。

「あまり時がないんでしょう。早くしないと、おみえちゃんが連れて行かれてしまうんでしょう。だったら、じっとしている場合じゃない。お奉行さまと一緒に行って、おみえちゃんが捕らわれてるかどうか確かめる。おみえちゃんを助けるんだ」

「そんなこと言ったたってよぅ」

弱りきった新七が、吉次親分に助けを求めるために路地のほうに顔を向けた。だが、当の吉次親分は、しきりに片手を振っている。

親分の合図を受けて、新七もうなずいた。

「まったく、めちゃくちゃだぜ。曲淵さまも、先生も、その教え子も」

すっかり呆れかえった新七は、天をあおいだあと、ぼやかずにはいられない。だが、そこは千世の元教え子だ。恩師の気性がよくわかっているから、切り替えがはやかった。

「でもよ、めちゃくちゃだが、先生らしいってもんだ。いいでしょう、ならばおれも一緒に行って、この身に代えても平太を守ってみせます。それなら先生も安心でしょう。おもては先生にまかせていいんですね？」

「もちろんです」と、千世は大きくうなずいた。

「わたしがおもてで井筒屋を引きつけておきますから、平太のことはくれぐれも頼みますよ、新七」

話がまとまると、景漸がさらに細かい段取りをつけはじめる。

「では、こうしよう。千世どのが、真正面から井筒屋に斬り込む。薙刀でもって、おもてでひと暴れしているうちに、わたしたちが店の離れにしのびこむのだ。子どもたちが押し込められているところは、おそらく離れの一室だ。おみえたちを見つけたら、子どもたちをいっせいに解き放つから、平太はそのなかに、おみえがいるかどうか確かめてもらいたい。おみえがいれば、直蔵が持っていた証文の裏付けになるし、あとは井筒屋にお縄をかけるまでだ。段取りは以上だが、よいかな、皆のもの」

「わかりました」

「ええ、参りましょう」

「ようござんす」

景漸の言に、平太と千世、新七がつぎつぎと相槌を打つ。

こうして準備は整い、
いよいよ突入とあいなった。

一度深呼吸をした平太は、先に歩き出していた千世と景漸、新七のあとにつづいた。

そろって表通りを大股で進み、玄関の前で二手に分かれる。

千世は真正面から突き進み、平太と景漸、新七は連れ立って裏手へまわった。

作戦がはじまる合図は、千世の「参りますよ！」というよく通った声だった。

まずは千世が先行する。

薙刀を構えた鬼千世さまは、白鉢巻をきりりと結び、たすき掛けも勇ましく、討ち入りよろしく井筒屋の前に立った。

「たのもう」

町内でも有名な大店の前で、薙刀を構えた武家の妻女が、凛《りん》とした声で呼びかけているさまは、とにかく人目を引いた。行きかう人々が、いっせいに声の主を顧みている。もちろん、路地裏に隠れている吉次親分も目が離せなかった。

「たのもう！」

もう一度、千世が呼びかける。

「井筒屋幸兵衛、出ていらっしゃい！」

「いったいなにごとです。店先が騒々しいですね」

千世が呼びかけたのち、しばらくしてから店の暖簾がまくれあがり、恐面《こわもて》の奉公人をふたりを従えて、肥え太った中年男があらわれた。

男は、店先で隙のない構えでたたずむ武家の妻女の姿をみとめ、はじめは驚きに目を見開いたものの、すぐに不快そうに顔をしかめた。

「おやおや、わたしは白昼に幻でも見ているのかな。こんな泰平の世のなかに、討ち入りさながらのご妻女が見えるのだが」

「あなたが井筒屋幸兵衛ですね」

「いかにも、わたしが井筒屋幸兵衛でございます。どちさまかは存じませんが、いったいどんな御用向きでしょうか。あいにくと討ち入りでしたら、お門違いでございますから、どうぞ他所を当たってくださいませ」

井筒屋の主人幸兵衛は、うやうやしく千世に頭を下げた。だが、一礼にまったく心がこもっていないことは、頭を下げている男の淀《よど》んだ目を見ればわかるものだ。

薙刀をいったんおろした千世は、それでも隙のない半身の体勢のまま、井筒屋を睨《にら》みつける。

「お門違いですって？　子どもをさらっておいて、よく言う」

「子どもをさらう？　はてさて、何のことやらさっぱり」

「では申し上げましょうか」

千世の声音が、さらに厳しいものになった。

よく通る声は、往来を通り過ぎる人たちにも、たやすく届いて行く。「何ごとだ？」すこしずつ野次馬が集まりはじめた。

「わたしは、あなたのところに預けられている、おみえという娘の手習い師匠です。いえ、預けられたのではない。おみえは、直蔵という兄と、あなたたちによって、無理やりに連れてこられたのです」

「なにをおっしゃっているのか……」

まったくもって、わかりません、と井筒屋は、周囲の目を気にしながら、白《しら》を切り通そうとする。

「たしかに、うちは口入れ屋でございますから、奉公先を探している人たちと、奉公人を求めている店との、執《と》り成しはいたします。ですが、年端《としは》もいかぬ子どもを差し出したりはいたしませんよ。しかも、無理やりになどもってのほかだ。何かの間違いではないですか」

「間違い、ですか」

「ええ、そうですとも。どこで聞いたことは知りませんが、そんな噂があるとしたら、とんだ迷惑だ。いますぐにお引き取りを。従っていただけないときは、こちらにも考えがございます」

　おい、お前たち、と、井筒屋は、後ろに控えていた奉公人たちに呼びかける。

「いますぐ番屋に知らせてきておくれ。どこのご妻女かは知らないが、商いを邪魔する不届き者がいるとね。すぐに引っ張っていってもらわねばなりません」

　言って、すぐに奉公人のひとりを番屋へ走らせる。一連のやり取りが、どうにも手慣れていた。これまでにも、井筒屋に怨みをもって乗り込んでくる者が数多《あまた》おり、安くはない銭を握らせた役人が来る手はずになっているのかもしれない。井筒屋の息がかかった役人は、来訪者の訴えを握りつぶし、上役にも上申せず、すべてがなかったことになる。

たいていの者は、「番屋に知らせる」と聞けば逃げ出したのかもしれないが、千世は気にしたそぶりもみせない。

遣いが走り去ったあとも、店の前で相手と対峙《たいじ》していた千世は、ふっとかるく笑ったあと、片手に握っていた薙刀を、頭上へと振り上げた。

「まったく、厚顔《こうがん》な者というのは、悪事ばかりではなく、言い訳も手慣れているのですね」

「厚顔、だと?」

「弱い人間を陥れ、銭の力で、さらに追い込んでいく。弱き者から骨の髄《ずい》まで搾《しぼ》り取る。そんなことができるのは、厚顔無恥な人間だけでしょうからね。もちろん、あなたのことを言っているのですよ」

「言わせておけば……」

嘲笑を受けた井筒屋は、取り繕っていた態度をついに崩《くず》した。相手が構える薙刀を見上げてから、「こんなものを振りかざして、頭がおかしいのか」と唾《つば》を吐《は》く。

「さっきから聞いていれば、言いがかりも甚だしい。お武家さまの妻女と思って下手に出ていたが、役人が来たら、刃傷沙汰に遭ったと訴えてやるぞ」

「ご勝手になさい」

千世もまた態度をあらためた。顔から笑みを消し、きりりと相手を睨みつける。引き締まった表情は、美しく、そして相手を威圧するにはじゅうぶんだ。

「あなたが力ずくで来るのならば、わたしもおなじく力ずくでまいりましょう。銭を握らせた役人とやらが来る前に、わたしの筆子に手を出したことを悔やませてあげますよ」

千世は慣れた手つきで薙刀を一閃《いっせん》させると、腰を落とし、青眼《せいがん》に構えた。

井筒屋が口ごたえする暇《ひま》もない。千世は「力ずく」の技に出た。頭上で薙刀の切っ先をひらめかせると、奉公人が遮る間もなく、井筒屋の脳天めがけていっきに振りおろす。

刃先は井筒屋の脳天ではなく、前掛けを真っ二つに切り下ろした。相手の体を傷つけず、身に着けているものだけを切るなど、かなりの腕前がないとできないことだ。それがわかったのか、はたまた相手が本気で斬りかかってくるとは思っていなかったのか、井筒屋は「ひっ」と悲鳴を上げ、奉公人を盾にしてから、情けなく後方へよろめいた。

「待て、待て待て、本気で斬ろうとするるやつがあるか！」

「うちの筆子に悪さをする者に容赦はしません！」

千世がさらに斬りこんで行く。立ちはだかる奉公人を柄のほうで打ちつけ、よろめかせてから、つぎは薙刀を真横に薙いだ。切っ先は、井筒屋の喉元をかすめた。

そのころ、往来でもまた、いきなりはじまった剣劇に、ざわめきがあがっている。

「薙刀を振るって女が暴れているぞ」「果たし合いか？」などと、薙刀が届かないところで、遠巻きに見ていた老若男女十数人が、口々に言い合う。なかには「もっとやれ」と、はやしたてる者もあったし、慌《あわ》てて逃げる者、番屋に駆け込もうとする者さまざまで、周囲はたいへんな騒ぎとなった。

井筒屋もまた悲鳴をあげていた。

相手の殺気を感じ取り、それまでの余裕の表情を一変させ、あわあわと尻もちをつき、後ずさりをしている。

「やめろ、やめてくれ。こんなことをしたらただではすまないぞ。役人がじきに来るからな！」

「承知の上です。薙刀を振り上げた以上、わたしだけが助かろうなどとも思っていません。あなたたちを斬り倒して、おみえを取り戻したあと、わたしも後を追います」

「覚悟！」と、千世が気合の声を上げた。両手で薙刀の柄を握りなおしてから、刃先をひるがえす。井筒屋が逃げまどうなか、追いすがって、突き、薙ぎ、さらに打ち込んだ。

逃げ切れないと悟った井筒屋は、地べたに手をつき、涙を流しながら許しを乞う。

「わかった！　わたしが悪かった、話は聞くからやめてくれ」

「問答無用！」

もはや千世は聞く耳を持たない。地べたを這って逃げまわる相手に対し、さらに、ひと薙ぎ、ふた薙ぎ、薙刀を縦横無尽に振るった。そして、ついに壁際に追い詰められた井筒屋の体を、さらなるひと薙ぎがかすめていく。

おもてで鬼千世さまが暴れているころ。

平太と新七、加えて町奉行の曲淵景漸とが、表店の裏にある離れに踏み込んでいた。離れの玄関には心張り棒が外から立て掛けられており、さらに厳重なことに、窓枠にも板が打ちつけられていた。中からは、玄関からも窓からも逃げられなくなっているという寸法だ。

幸いなことに、離れのそばに見張りはいなかった。ただ、しばしの間だけ、場をはずしているだけかもしれない。見張りがいつ戻ってくるかしれないので、景漸が周囲に目を配っているあいだに、新七が離れの戸を開けることになった。

「これじゃあ、囚人も同然だぜ。ひでぇことしやがる」

顔をしかめた新七は、景漸が目を光らせている隙に、心張り棒に手をかける。戸口にしっかりと食い込んだ棒を取り去ると、そのまま戸板を蹴破った。

「おい、行くぜ、平太」

「はい」

そこでようやく平太の出番だ。戸板を完全に開け放ち、薄暗い土間に光を入れる。土間には誰もいなかったので、草履《ぞうり》を脱いでいる間もなく、なかへ上がり込む。すぐ手前にあるある襖をいっきに開け放つと、奥の間へ踏み込んだ。

そこで平太が見たものは――十数人の子どもたちが、身を寄せ合っている姿だった。

ふいに光が差し込んできたので、子どもたちはみな、まぶしさに目をしばたたかせている。

囚われている子どもたちの様子を見た平太は、愕然《がくぜん》とした。

子どもたちは、ほとんどが十歳前後の女の子たちか、さらに幼い男の子だ。手に縄をかけられていて、ばらばらになって逃げられないよう、それぞれの縄どうしがきつく結ばれて、ひと括《くく》りにされている。

「ひどい……」

埃《ほこり》っぽい部屋を突っ切って、平太は、部屋のなかを見回した。縄を切ることができる道具がないか探したのだが、あいにくと見つけることはできなかった。

平太のあとから踏み込んできた新七が、ふところから匕首《あいくち》を出して、子どもたちの腕に巻き付いている縄を一本ずつ切り落としていく。それを見ていることしかできない平太は、己の無力さに歯がみした。

縄を解かれた子どもたちは、力なくへたりこみ、なかには泣き出す者もいる。

そんな様子を見て、子どもたちを無事に解放した新七もまた、苦い顔のまま唸《うな》り声をあげた。

「ちくしょう。これが人のやることか。こんなこと許しちゃおけねぇよ」

「ほんとうに……どうして、こんなことができるんでしょう」

だが、平太たちや子どもたちには、感傷に浸っている暇はなかった。

離れの周りを見張っていた景漸が、おもてから声をかけてきたからだ。

「おい、新七、平太。誰かが母屋のほうから来る。いますぐ子どもたちを連れて逃げられるか？」

井筒屋の店者《たなもの》が、おもてで千世が騒ぎを起こしたのを聞きつけ、子どもたちを他所に移すか、いますぐにでも売り飛ばすつもりでやってきたのかもしれない。

母屋からの話し声と足音とがしだいに近くなってくる。景漸がさらに声をあげた。

「来るぞ、急いでくれ」

「へい、いますぐに」

呼びかけに弾かれて、新七は、十数人の子どもたちに向かって「立てるか、いますぐ逃げるぞ」と促した。平太もまた、立ち上がれない子どもたちに手を差し伸べる。どうにか全員を立たせたあと、あわてて部屋を出ようとした。

ところが、子どもたちのなかには、長いあいだ閉じ込められていた者もいるので、足に力が入らず、すばやく動くことができない。もたついているうちにも、離れの前に、井筒屋の店者らしき男たちがあらわれた。そのうちふたりが、主人に異変を知らせるべく、おもてのほうへ走って行く。

　おもわぬ侵入者たち相手に、残った数人が怒声をあげた。

「誰だ、お前たち」

「おもてで騒いでいる女の仲間か？」

　男たちは、つぎに新七が連れている子どもたちに目を留めた。そこで、男たちの目に敵意が宿った。険しい目つきで侵入者を睨みつけ、両者、懐に手をつっこみ、抜き身の匕首を抜き放つ。

「子どもたちをどうするつもりだ」

「誰だか知らないが構わねぇ、店の秘密を知ったからには、生かして帰すわけにはいかねぇな」

「くそ、こいつら、修羅場《しゅらば》に慣れてやがるな」

　井筒屋の店者が、なぜ匕首をしのばせているのか。これまでにも幾度か修羅場を潜《くぐ》り抜けているからに違いない。もともと店者ではなく、井筒屋が雇った用心棒かもしれなかった。

　舌打ちした新七が、おなじく匕首を構え、景漸と子どもたちの前に進み出る。

「曲淵さま、ここはおれにまかせて、子どもたちを連れて逃げておくんなさい」

「いや、わたしにはまだやることがある」

「お奉行さま、お早く！」

付き人もまた景漸を促したが、「あいわかった」と引き下がる北町奉行ではない。泰然《たいぜん》として動かぬ景漸は、子どもたちのなかに紛れていた平太に向かって声をかけた。

「平太！」

「は、はい！」

呼びかけられ、おもわず身が引き締まる思いで、平太は返事をする。

「なんでしょう、お奉行さま」

「平太、よく見るのだ。このなかに、筆子仲間のおみえはいるか」

景漸が問いかけてくる。その言わんとしていることに思い当たり、背筋を伸ばした平太は、連れてきた子どもたちのなかに、探していた顔を求めた。

そして、じっと目を凝らしたあと、ついに目的の人物を見つけた。

「おみえちゃん！」

身を寄せ合っていた子どもたちのなかに、見知った女の子をみとめた。すこしやつれているが、丸い顔をしていて、目鼻立ちが整った、遠目にもかわいらしい姿がある。平太の呼びかけに応じ、か細い声が返ってきた。

「平ちゃん？」

平太の名を呼び返す声は、おみえのものに間違いなかった。

よかった、無事だった、という安堵が、平太の胸のうちにせりあがる。

「そうだよ。平太だよ。お奉行さまたちが助けに来たから、もう大丈夫だよ」

身を寄せ合う子どもたちの輪のなかへ、平太は手をのばす。おみえの手を取ると、景漸のかたわらに進み出た。

おみえを連れた平太を見下ろし、景漸はうなずいている。

「その子が、直蔵の妹、おみえなのだな？」

「そうです。おみえちゃんです。間違いありません」

「うむ」

景漸は、新七と睨み合っている店者ふたりに向かって、一歩、歩み出した。新七が間に立とうとしても、お構いなし。匕首の前に身をさらすと、落ち着いた声で諭していく。

「お前たち、悪あがきはここまでだ」

「なんだとぅ？」

「井筒屋が悪事をはたらいているという証は揃った。じきに、わたしが呼んでおいた同心たちも駆けつけてくるだろう。証さえあれば、井筒屋はお縄にかかる。お前たちとて同罪だ」

「…………」

男ふたりはいったん黙り込んだ。景漸の迫力に押され、かろうじて匕首は構えたまま、じりじりと後ずさりする。

「証だって？」

「ただの出まかせじゃねぇのか」

「出まかせだと思うのなら、それでもいい。このまま井筒屋もろとも、お縄にかかるのを待つがよい。ただし、お前たちが、安い銭で雇われて見張りをしているだけであれば、店の秘密とやらを守る義理もあるまい。捕まれば人生を棒に振るだけだ」

景漸の言葉を受けて、男たちは視線を交わし合う。身の処し方を計算しているのだろう。逃げるか、あるいは抗いつづけるか。そして、ふたりは迷った末に、逃げるこたえを導き出した。「くそう」と呻いたあと、匕首をおろして身をひるがえす。

　ところが、男たちの判断は、すこしだけ遅かった。

　母屋のほうから、十手をかざした捕り方三人が駆けつけ、逃げを打とうとする男たちと鉢合わせる。

　捕り方たちに向かって、景漸が厳しい口調で命じた。

「その者たちを召し捕えよ！」

「はっ！」

　捕り方たちの動きはすばやかった。ひとりが男たちの前に立ちはだかり、あとふたりが、男たちの背後に回り込む。背後に回った者が、男たちの膝裏を十手で打つと、相手は前のめりに倒れ込んで動けなくなり、そのまま呆気なくお縄となった。

「すごいや……」

「あぁ、大したもんだぜ。おれだって、あそこまで手際よくはできねぇや」

　あざやかな捕り物劇を目《ま》の当たりにした平太と新七は、おもわずため息をもらしている。

　捕縛を命じた景漸はというと、涼しげな顔のまま、「おや」と首をかしげた。

「どうやら、おもてにも役人たちが到着したらしい。思ったよりも早かったな」

「え？　ほんとうですか？」

景漸が言うとおり、おもてでは、また別の騒ぎが起こっている気配がした。声高に言い争う声がして、井筒屋に踏み込むの踏み込まないのと押し問答をしている。

直蔵が白状した妹の身売りについて、その証文を探すため、奉行所から正式に役人が遣わされたのだ。根岸鎮衛と曲淵景漸という両奉行の進言があったからこそ、許されたことだろう。

これで証が揃えば、もはや井筒屋は言い逃れできまい。

見張りの男たちが連れていかれるのを見送ってから、平太は、ほうっと肩から力を抜いた。その途端、いっきに先ほどまでの緊張の反動がおそってくる。いまにもへたりこみそうだった。かたわらの新七が支えてくれなかったら、ほんとうに倒れていたかもしれない。

「おいおい、しっかりしろよ、平太」

「新七さん、どうにかうまくいきましたね」

「あぁ、曲淵さまと……あとは平太、お前の頑張りがあったからだぜ」

「そう言ってもらえると嬉しいですけど。でも、すこし疲れちゃいました」

そこへ、捕り方たちに後始末の指示を出し終えた景漸が、平太と新七のもとにゆっくりと歩み寄ってくる。すずやかな表情に、微笑が浮かんでいた。

景漸が、新七にもたれかかる平太の頭に手を置いた。

「よくやってくれたな、平太」

「お奉行さま……」

「新七もな。ふたりとも、さすがは千世どのの教え子だ」

お奉行さまからお褒めの言葉を賜《たまわ》り、平太と新七は、顔を見合わせてから照れくさそうに笑い合った。

「お奉行さまも、捕り物、お疲れ様でございました」

「うむ。だが、一番の功労はもしかしたら……」

「そうですね」

互いに労《ねぎら》いの言葉をかけたあと、一同は、おもての騒ぎのことに思いをはせる。

「――千世先生かもな」

「千世先生はご無事でしょうか」

「そうさな」

平太が気がかりそうにつぶやくのをよそに、景漸ははっきりとこたえた。

「きっと無事であろう。あの人のことだから」

景漸の言葉を受け、平太も誇らしげにうなずいた。

「そうですね。千世先生のことですものね」

薙刀を振るった鬼千世さまは、たいそう井筒屋を凍りつかせ、平太らが子どもたちを助ける時間を、みごとに稼いでくれたのだろう。

勇ましい姿を想像して、平太は、ほう、とため息をついた。

「おれも、千世先生の勇姿を見たかったなぁ」

「先生の勇姿……というか、薙刀を振るう姿なら、そのうち、うんざりするくらい拝むことができるぜ」

冗談めかして新七が言うと、景漸が珍しく声をあげて笑い、いったん複雑な表情になった平太も、やはり愉快そうに笑いはじめた。

こうして一件は落着し、平太は心地よい疲れのなかにあった。

後々、世間で「井筒屋の決闘」と噂される、捕り物がおわったのだが。

これで井筒屋の過去の罪が、すべて明らかになったわけではない。おみえたちの前にも、不当に捕らえられた子どもたちがいて、どこかへ身売りをされていたのかもしれない。これからの取り調べで、不幸な子どもたちをどれだけ見つけ出し、救うことができるか。北町奉行である曲淵景漸にも、わからないのだった。

今回おみえたちは、幸いにして、身売りをされずにすんだ。

だからといって、すべてが元通りになるわけではない。

囚われていた子どもたちは、やむにやまれぬ事情があって、身を預けられた者がほとんどだ。自由になったといっても、元の暮らしに戻れたとしても、その暮らしが幸福とは限らない。

おみえもおなじだった。

賭場で騒ぎを起こし、妹を売ったおみえの兄直蔵は、これからさらにきつい調べを受け、牢獄行きとなるだろう。そして、いつか解き放ちになったとしても、おみえとは二度と会うことはないかもしれない。

おみえにとっては、見知らぬところへ奉公に出されることよりも、そのことが堪えたらしい。千世たちのもとに帰されてから、たった一度だけ、声を抑え、歯を食いしばりながらしずかに泣いた。

かなしい泣き声だと、平太はたまらない気持ちになった。

幼い頃に父が失踪し、母も姿を消し、ついには兄もいなくなった。おみえは独りぼっちになってしまったのだ。

おみえは、ひとりきりになるのが恐ろしいから、どんな仕打ちをされても、自分が家計を支えて、兄を繋ぎとめておきたいと願っていたのではないだろうか。そんな、ささやかな夢でさえ無残にも打ち砕かれ、どんなにつらく苦しいだろう。

平太には想像すらできず、気の利いた言葉をかけることもできず、ただ、おみえが泣き止むまで、背中をさすってやることしかできなかった。

ひとりの人間にどんな一大事が起ころうとも、世のなかの時は平等に流れ、いつもの通り新たな一日がはじまる。

井筒屋からは解放されたものの、独りぼっちになってしまったおみえの身の振り方は、案外にすぐ決まった。

おみえは、近いうちに手習いをやめて、住み込みの奉公にあがることになったのだ。

井筒屋の仲介で紹介されるはずだった、あやしげな奉公先ではない。吉次親分の女房であるお澄《すみ》さんという人が営んでいる、目白不動近くにある小間物屋だ。

今回の事件の顚末を見届けた吉次親分が、おかみさんに「こういう子がいてな」と、なにげなく話をしたらしい。すると、親兄弟もなく長屋も追い出されるというのなら、自分の小間物屋で雇いたいと申し出てくれた。

「うちには子どももいないし、亭主も留守がちだし、部屋は余っているし、なにも遠慮はいらないよ。それどころか、近ごろ、女中がひとりやめちまったから、手が足りなくて困っていたところだ。器量よしで、その上、売り物の銭勘定ができる子ならば、なおありがたいってもんだ」

そう言って、吉次親分が拍子抜けするほどにあっさりと、おみえを受け容れることが決まった。お澄は、岡っ引きの女房をしているだけあって、気風《きっぷ》のいい女性だ。その人に、「いいよね?」と問われれば、さすがの吉次親分だって、首を縦に振らないわけにはいかないというものだ。

こうして、意外なところで、おみえの行く先が定まったわけだが。

他人は、このことを「運がよい」と見るかもしれない。だが、おみえ本来の願いは、ほんとうの親兄弟とともに過ごすことだったはずだ。それが叶わなかったからこそ、べつの生き方を探さねばならなかった。自暴自棄《じぼうじき》になってもおかしくはなかった。世を怨むことだってあったかもしれない。それでも、おみえは気丈に生きようとしている。お澄のところで前向きに進もうとしている。

おみえの門出を祝いながらも、自分だったらどうだろうと、平太は考える。

平太自身は天災で親兄弟を失ったが、おみえのように、身内に裏切られてひとりになってしまったとしたら、荒《すさ》んだ心を少しも引きずらずに生きていられただろうか。

前を向いていられただろうか。

——きっと無理だっただろう。

ひねくれたあげく、手習いもやめて、奉公もやめて、ともすれば世間に反発した暮らしを送っていたかもしれない。命すら自ら絶っていたかもしれなかった。

おみえはそうならなかった。たとえ一番の望みが叶わなくとも、限られたもののなかで、せいいっぱいの幸せを探し、よりよく生きていくことを諦めなかった。

だから、おみえはつよいのだと平太は思ったし、おみえの幸せを、心から願わずにはいられなかった。

鱗雲《うろこぐも》が一面に広がる秋空のもと、せせらぎ庵にて。

この日を最後に、おみえは手習い所をやめることになった。

「おみえちゃん、せめておいらが手習いをやめるまで一緒にいられないのかよ」

来春、奉公にあがることが決まっている一蔵が、未練がましくおみえを引き留める。

一蔵はおみえと同い年だ。その自分がまだいるのだから、もうすこし一緒に通いたいと思ったらしい。

おみえは「ごめんなさい」と言いながら、せせらぎ庵をいますぐにやめるわけを語った。

「いまの大家さんがね、なるべく早く奉公先にうつってほしいって言ってるの。兄ちゃんが長いあいだ店賃を溜め込んでいたし、今回の騒動でケチもついたし。わたしみたいな子どもをひとりで長屋に住まわせておくわけにもいかないからって」

「因業《いんごう》な大家だな」

「ほんとうだよ。おみえちゃんが、かわいそうだ」

一蔵と留助が口々に文句を言う。

平太も同意見だったが、口には出さなかった。子どもひとりきりに長屋を貸すわけにはいかない事情も、よくわかったからだ。大家としても、いまさら直蔵が心を入れ替えて帰って来るとも思っていないだろう。

もちろんおみえも、未練はあれど、兄のことは諦《あきら》めているのかもしれない。それでも、つらい心情を押し隠し、別れを惜しむ筆子たちに、せいいっぱい明るくふるまってみせていた。

「心配してくれて、ありがとう。でもね、これからお世話になるお澄さんの店は、目白不動のすぐ近くだから、ここからもそんなに遠くないよ。会いたかったらまた会える。店がおやすみのときとか、合間を見てときどき顔を出すから。そのときはよろしくね」

「ほんとうかい、おみえちゃん」

「また、おいらたちと遊んでおくれよ」

筆子たちが歓声をあげるなか、もちろんよ、とおみえが笑うと、まるで花が咲いたようで、場が明るくなった。

哀しみを乗り越えようとする者の、せいいっぱいの、大輪の笑みだった。

そして――おみえの身の振り方が決まってから、数日後の夜。

井筒屋での騒動のあと、平太と千世、くわえて酒を持って立ち寄った根岸鎮衛との三人は、ようやく話し合う機会を持った。これまでは騒動の後始末や、おみえの身の振り方、加えて大家との話し合いなどで、あわただしく過ごしており、ゆっくりと話ができなかったのだ。

「捕り物に、北町奉行である曲淵景漸どのが、御自《おんみずか》ら出張《でば》ってきたそうだな」

この夜は、珍しく鎮衛が不機嫌そうだった。いつもは楽しく酒を飲む人が、杯ではなく湯呑に酒をなみなみ注ぎ、いっきにあおっていく。

おなじく湯呑酒に付き合っている千世は、からかい口調で応じた。

「鉄蔵は、口を挟んだだけでしたけどね」

「なにをう？　おれが進言しなければ、井筒屋への手入れはできなかったかもしれないのだぞ」

「おそらく曲淵さまのお口添えだけでも、充分だったでしょうけど」

「そんなことはない！」

鎮衛はむきになっていた。手入れができたのは、町奉行の曲淵景漸に加え、己のはたらきかけのおかげだと言って譲らない。

子どもみたいに頰を膨らませる鎮衛を見て、千世は苦笑した。

「まったく鉄蔵ときたら、曲淵さまがかかわると、昔からこうですよ。何かにつけ競り合おうとするのです。それで、いつも競り負けているのですから世話はありません」

「へぇ、そうなんですね」

「べつに競り合ってなどいないし、競り負けてなどもいない。くそ、曲淵め、忙しいくせにわざわざ出張ってきたのも、千世にいいところを見せるためなのだ。あいつは昔からそういうところがあるのだ。気障《きざ》野郎め」

「気障でもなんでも、やることはやってくださったのですから、ありがたいことではありませんか」

「ふんっ！」

鎮衛はふたたび酒をあおった。どうやら、景漸に見せ場を持っていかれたことが、よほど面白くないらしい。

酒豪ふたりのあいだに正座をして、出涸《でが》らしの茶をすすっていた平太は、杯をつぎつぎと空《あ》けていく千世と鎮衛を見比べた。このふたりに加えて、北町奉行の曲淵景漸、三人がどういう関係なのか、興味はつきないが、口に出してはべつのことを言った。

「根岸さまだって、ご活躍でしたよ。根岸さまが吉次親分や奉行所にかけあってくださったおかげで、井筒屋を捕らえられたのですから。感謝しています」

千世もほんとうは感謝をしているはずなのに、意地悪を言わずに、鎮衛を褒《ほ》めてあげればいいのにと思う平太だった。

平太の気遣いに、鎮衛はわざとらしく目頭をおさえてみせる。

「おれを褒めてくれるのは、平太、お前だけだよ。千世は薄情でいかん」

「あら、そうですか。では、そんな薄情な者のところに、お酒を酌み交わしに来なくたっていいんですよ」

薄情と言われ、千世はつんとそっぽを向く。酒に酔っているせいか、いつもより大げさな態度だ。そんな千世を見て苦笑してから、鎮衛はつぶやいた。

「いや、やはり時々は来よう。様子を見に来てやらねば、亡きご夫君もさぞ気がかりだろうからな」

「………」

亡くなったという夫の話が出て、千世は沈黙する。すると鎮衛は、神妙そうに表情をあらためつつ湯呑を置いた。

「今回のこともそうだぞ。おれは口を酸っぱくして言ったよな、井筒屋のことは、吉次や新七にまかせておけと。それなのに師匠と弟子がそろいもそろって、井筒屋に乗り込んで行った。平太はたったひとりで、千世にいたっては薙刀を振り回してだ。癪《しゃく》な話だが、景漸どのが、あの場にいてくださったことは幸いだった」

これについては、平太も千世も返す言葉がない。

おみえを助けたい一心だったとはいえ、冷静になって考えると、ずいぶんと危ないことをしてしまった。くわえて、鎮衛との約束を破ってしまったのだ。

平太は、鎮衛の顔を見つめた。いつもは剽軽《ひょうきん》ともいえる男が、ことさら厳しい顔をしているのを見て、内心はかなり腹を立てているのだろうと猛省する。

平太は両手をついて頭を下げた。

「根岸さまの言いつけを守ることができず、すみませんでした。でも、悪いのはおれなんです。千世先生は、おれがひとりで井筒屋に行ったと、おさとちゃんっていう筆子から聞いて、それで追い駆けてきてくれたんです」

「そうなのか？」

「いえ」と、鎮衛に問われ、千世はかぶりを振った。

「詫びるのであれば、わたしです。ほんとうならば平太を止めなければならなかったのに、わたしこそが我慢ができず、あんな騒ぎを起こしてしまったのですから」

「ふたりとも無事だったのは、ただ運がよかっただけなのだぞ。あんな真似は、二度としてほしくない」

「はい、肝に銘じます」

　平太につづき、千世も頭を下げる。そんな師匠と弟子の姿を見つめてから、鎮衛は大きく息をつくと、まだ湯呑に残っていた酒をあおった。

「わかってくれたら、それでいい。だが……お前たちの気持ちもわからんではないのだ。おみえちゃんって子は、かわいそうだったな。血のつながった兄に裏切られるなんて、こんなことが、世の中からなくなってくれるといい」

「ほんとうに、おれも、心から思います」

　顔をあげた平太は、鎮衛の言葉を受けてうなずいた。

「でも、おみえちゃんは、つらいことがあっても、きっと負けません。あの子はすごいんです。器量よしだし、算盤だったら、きっと江戸じゅうでも指折りの腕前です。おれとたったひとつしか違わないのに、賢くて、つよくて、自分の力で、生きる道を見つけてしまった」

おれには、まだまだ見つけられそうもない。きっと一年経って、おみえと同じ年になっても、追いつけはしない。だからすごいのだと、平太は力説した。

千世は、身を乗り出して話をする平太を、微笑みながら見つめている。

鎮衛はというと、にやりと笑って、話の腰を折った。

「なるほど、平太は、おみえちゃんを慕っていたわけか」

「違います、そんなんじゃありません！」

「顔が赤いぞ。そうかそうか、ならば仕方ないな。おれの言いつけを守るよりも、自分でおみえちゃんを助けたいと思うのも道理というもの。男の子だものな」

「だから違いますってば……」

場に、ひとしきり笑いが起こる。

平太たちは、おみえのために笑った。

新たな道を見つけたとはいえ、それは、おみえが一番に望んでいたものではかった。それでもおみえは、自らの力であらたな一歩を進み、生き抜こうとしている。

哀しみに押しつぶされそうになっても、すこしでも幸せになるために、力いっぱい生きなければならない。

千世と鎮衛は美酒をさらに一杯、平太は出涸らしの茶で、おみえの門出を祝った。

三　母と子と教え子と

せせらぎ庵に通う筆子《ふでこ》たちのなかで、最年長の万作《まんさく》は、母親思いの優しい子――という印象を周囲から抱かれていた。

だからある日、いつもにこやかな万作が、まなじりを吊《つ》り上げ、鼻息も荒く、それでいていまにも泣きそうな顔で飛び込んできたときは、せせらぎ庵の誰しもが驚いたのだ。

「先生、千世先生ぇ……」

皆よりすこし遅れてやってきた万作は、なぜか、すっかり取り乱していた。

手習い師匠の千世は、いったん自室に万作を呼び込み、あらためて尋ねてみる。

「今日はずいぶんと遅かったですね。いったい何があったのですか?」

「先生、どうしよう。おいら、おいら……」

そこで万作は、わっと泣き崩れてしまった。となりの部屋からは襖越しに、「どうした万ちゃん」「なにかされたのか」「どこか痛ぇのか」などと、ほかの筆子たちの声が聞こえてくる。

「万作、しっかりなさい。事情を話してください」

千世が根気強く待っていると、声を嗄《か》らすほど大泣きした万作は、息も切れ切れになりながら、やっとのことで事情を語り出した。

「おいら、とんでもないことをしちまった」

「どういうことです？」

「おっかぁを、殴《なぐ》っちまったよぅ！」

すっかりうろたえた万作の言葉を受けて、千世はとっさに何も言えず、となりの部屋で騒いでいた筆子たちも静まり返る。

平太もまた、己の耳を疑った。

その日の午後の手習いは、急遽《きゅうきょ》、取りやめとなった——。

ことが起こる予兆《よちょう》は、前日にあった。

だが、そのとき平太は、まさか万作がそんな騒ぎを起こすなどと、想像もできなかったのだ。

年の瀬が迫りつつある、冷え冷えとした朝。

平太がせせらぎ庵にやってきて、およそ半年。江戸で迎えるはじめての冬、そして年越しだ。

年をまたげば平太は十二歳になる。十二ともなれば、そろそろ手習いをやめたあとの道を、見出さねばならなくなる。ひとつ年上のおみえはすでに奉公にあがり、来春には、一蔵もせせらぎ庵を出て行く。つぎには留助もつづくだろう。

新しい年は楽しみでもありつつ、同時に寂しさもおぼえた。

平太には、同年代の子たちよりもすこし出遅れているという焦《あせ》りもある。四年前、浅間噴火に遭ったせいで、なにも手につかなかった空白の時があるからだ。

——自分は、ほかの子より、四年も遅れている。

子どもの四年というのは、ことさら長く感じるものだ。

日々淡々と手習いをこなしつつも、平太がときどき垣間見せる焦りの色を見て、千世は諭してくれることがあった。

「いまは焦るでしょうが、我慢なさい。力をつけぬうちに近道を見つけたとしても、道のなかばで、きっと息切れしてしまうでしょう。いまは、どんな険しい道でも、踏ん張ることができる体力をつけておくことです。そんなことができるのは、子どものいまのうちしかできません。なに、しっかりと学べば、四年など、すぐに取り返すことができますからね」

千世は言う。近道をして、楽をしようとしても、実力が身についていないから、道をはずれてしまう。けっきょくは遠回りになってしまうのだと。そうならないためにも、納得いくまでこつこつと学び、力をつけておかなければいけないと。

この言葉に、平太がどれほど救われたことか。

助言してくれる大人が身近にいること、それが許される場所にいること、これらが、とてつもない幸運なのだということ。一度はすべてを失った平太だからこそ、わかることでもあった。

千世に日々感謝する平太だが。

とはいえ、すこし困ったこともなくはない。当の千世から命じられる家の手伝いが、日毎《ひごと》に増えていくのには、さすがの平太も閉口していた。

今日も今日とて「働かざる者食うべからず」と、朝餉の直後に、庭木の剪定《せんてい》や雑草取りを命じられた。さして広い庭ではないのだが、毎日が忙しいので、普段は庭はほったらかしなのである。しかし年越しが近いこともあって、一年に一度くらいは、庭に生えている一本松を剪定《せんてい》し、散らばり放題の枯れ草や枯れ葉を片づけることになった。もちろん、普段やっている門前の掃き掃除や、お遣い、手習い部屋の片づけ、水汲みなどはいつも通りこなさなければならないので、ますます忙しい。今後、煤《すす》払いや、年越しの挨拶《あいさつ》まわり、新年の町内会合、ご近所総出の溝攫《どぶさら》いなどにも駆り出されると事前に申し渡されているので、少々げんなりする平太だった。

それでも、寝食ができ、ただで学べるというのであるから、ありがたいことではあった。

忙しくも、充実した日々だ。

さて、来年はどんなことを学ぼうか——そんなことを考えていたとき。

「平ちゃん、お、おはよう」

せせらぎ庵のいつもの朝。庭木の剪定を終えてから、いつも通り、平太が門前の掃き掃除をしていると、今日一番にやってきた万作が、白い息を吐きつつ朝の挨拶をしてきた。

万作は十五歳になる若者で、せせらぎ庵ではもっとも年嵩《としかさ》の筆子だ。普通ならばとっくに奉公にあがるか、独り立ちしている年ごろではあるが、気性が幼く、もの覚えがやや悪いこともあって、いまだに手習いを修了できていない。ほかの筆子たちの例に漏れず、万作もまた、他所の場所で手習いについていけなくなり、せせらぎ庵に通うことになったという経緯があった。

もの覚えや要領がすこし悪いところはあるが、それでも万作は、体が大きく、心は優しい、せせらぎ庵の人気者であった。

「おはよう、万作さん」

平太もまた挨拶を返しながら、あらためて万作の大きな体を見あげた。大きな体の上には、穏やかそうな丸い顔がのっかっている。すこし両脇に離れたつぶらな目には、いつも笑みをたたえていて、平太は、そんな優しい表情が好きだった。万作に笑顔をふりまかれると、悩みもふっとびそうになる。

平太は、門前でもじもじと足踏みしながら、なかなか手習い所に入って行こうとしない万作をうながした。

「今日はずいぶんと早いんですね、まだ誰も来ていないけど、どうぞなかに入ってください」

「う、うん。じつは今日ね。おいら、千世先生に、早く来るよう言われたんだ」

「そうだったんですか」

「なにか大事な話があるからって。なにかな、怒られるのかな。ちょっぴり恐いなぁ」

万作は、他人から怒られることを、ひどく恐がる。おそらくは以前通っていた他所《よそ》の手習い所で、もの覚えの悪さをひどく叱責されたことがあるのだろう。厳しさが苦手ならば、世間から「鬼千世」と呼ばれる人のもとで手習いをするのも恐がりそうなものだが、万作なりに、千世の筆子思いの本心がわかるのだろうか。いまのところ、よく懐いているかに見えた。

それでも、たったひとりで早朝に呼び出しとは、さすがに気おくれするらしく、いつまで経ってもなかへ入ろうとしなかった。

やがて、門前まで当の千世が呼び出しにやってきた。

「万作は来ましたか」

「はい、いまちょうど。おはようございます、千世先生」

「おはようございます。ではさっそく話をはじめましょうか」

しぶしぶと万作がなかに入り、平太が三人分の茶を淹《い》れたときには、普段の喧《けん》騒《そう》が嘘のように静まり返った部屋で、話し合いがはじまっていた。

小声でなにかを語り合っている千世と万作の様子を見て、平太は、きっと大事な話があるのだろうと悟った。だから茶を置くときも、ゆっくりと近づいた。

文机の上に湯呑を置こうとすると、ふたりの話し声が耳に入ってくる。

「母上のお加減はいかがですか、万作」

「は、はい。いまは床も払って、台所くらいには立てるようになりました」

「それはよかったこと」

万作の母は臥《ふ》せっていたのかと、平太はすこしびっくりした。この半年、万作からそんな話を聞いたことなかったし、いつも変わらずにこやかにしているので、まるで気づかなかったのだ。

万作の家は母ひとり子ひとりだ。父親は、界隈《かいわい》でも名人と言われた鋳物《いもの》職人だったが、病弱で、万作が幼い頃に亡くなった。以来、母親が細々と内職をして万作を育ててきた。暮らしは楽ではなかったが、母親は、万作の教育に熱心だった。亡き夫の弟子だったという職人に、鋳物の修業をつけてくれと頼んでいたこともあったという。いつかは父親の跡を継いでくれればと期待してのことだ。

ところが、万作は、ほかの子たちよりも、ややもの覚えが悪い。職人がどんなに懇切丁寧《こんせつていねい》に指導しても、なかなかものにならなかった。しかも、そのことに、本人がさしたる劣等感がなかったことが、さらによくなかった。

「万作はやる気がないか、おれを馬鹿にしているんだろう。師匠のご子息だからと大目に見てきたが、もう、この子を教えることはできない」

職人はそう言って、万作のことを、早々に見限ってしまった。

万作に、やる気がないわけではなかった。さぼっているわけでもない。ただ、ほかの子よりも足並みがすこし遅いだけであり、そのことに考えも及ばないというだけのことだ。それが職人には理解できなかった。

鋳物の修業はままならず、ではほかの道を見出そうと、手習いに出してみたが、やはりそこでも手習い師匠から匙《さじ》を投げられてしまった。

いくつかたらいまわしにされた挙句、やっと辿り着いたのが、せせらぎ庵だった。

万作の母親は、万作のこれまでの経緯をすべて話し、息子の行く先を千世に相談していたらしい。

事情を承知した千世は、万作がやってきてからおよそ一年、匙を投げることなく、万作に合わせた歩調で、懇切丁寧に手習いをつけている。独り立ちできる道を、ともに見出そうとしている。

平太をはじめ、せせらぎ庵のほかの筆子たちもまた、万作のことが好きだった。心優しく、朗《ほが》らかで、年下の子たちと一緒になって遊ぶのも楽しそうだ。力仕事なども率先してやってくれる。近ごろでは、読み書きもだいぶ上達してきて、時間をかけて面倒を見てくれる人がいるところでならば、奉公や修業ができる希望も見えてきた。

以前とは違い、誉められることが多くなった万作は、毎日が楽しそうにせせらぎ庵に通っていたのだが。

向かい合う千世と万作の表情は、いつもより険《けわ》しく見えた。

あまりよくない話なのだろうかと、平太も緊張のあまり、胃の腑のあたりが痛くなってきた。

緊張のなか、千世が話しつづける。

よくよく聞いていると、今日、話し合いの場を持つきっかけとなったのは、ここ最近まで床に臥せっていた万作の母親が、万作に対して言ったことにあるらしい。

これまで息子の歩調に合わせた手習いを望んでいたはずが、ある日突然、

「そろそろ、せせらぎ庵をやめて、奉公か修業に出たらどうか」

と勧めたらしいのだ。

万作には思いがけないことで、どうしてよいかわからず、千世に相談に来たというわけだ。

千世は、根気強く話に耳を傾けてから、あらためて万作に尋ねた。

「おそらく母上は、あなたの行く末をとても気になさっておいでなのですよ。この度おもわぬ大病をして、体が動かなくなってはじめて、あなたの今後が気がかりになったのではないかしら。それで、早く独り立ちしてほしいと思ったのかもしれませんね」

そこまで聞いて、平太はなるほどと思った。

修業をつけてくれていた鋳物職人から見限られ、ほかの手習い所にもなじめなかった、十五になる息子。そんな息子を持つ母親としては、もし自分が手助けできなくなったらと考えると、ひとり残される子の行く末が気になるのは当然だろうと。

だが、当の万作は、すっかりうろたえてしまっている。

「で、でも、おいら、そんなことを急に言われてどうしたらよいか」

万作のつぶらなまなこが、たちまち潤んだ。

「おいら、おっかぁが言う通り、急がなくちゃだめですか」

「だめだということはありませんよ。ええ、そんなに焦らなくてもよいのです。万作の気持ちはわかりました。今度、あなたの気持ちを伝えるためにも、母上も交えてお話をしてみましょう。あなたがどんな道に進むべきなのか。どうやったら一人前になれるのか。ゆっくりでいいのです。これから一緒に考えていきましょうね」

万作にもわかるように、なるべく傷つけないように、千世は言葉を選び丁寧に語りかける。おかげで、万作はすぐに表情をほころばせた。

「な、なんだ。そういうことか。ゆっくりでいいんだね」

「もちろんです」

「うん、うん、わかった。おいら、おっかぁを安心させたいし、千世先生ともお話ししたい」

「きっといい方法が見つかるよ、万作さん」

「ありがとう、平ちゃん」

ありがとう、ありがとう、と繰り返しつつ、万作が大きな手で、平太の手を握ってくる。力強く握ってくるその手が、とてもあたたかかった。

ところが——この話し合いをした翌日に、騒動が起こってしまったのだ。

「母親を殴ってしまった」

そう言って、万作が泣きながら、せせらぎ庵に転がり込んできたあと。

筆子たちを各自宅に帰した千世は、べそをかく万作を引き連れ、万作母子が住む長屋に出向いた。

万作が心配だったので、平太も付き添いに加わった。

空模様があやしくなってきたので急ぎ足である。朝方は晴天だったのに、鈍色《にび》になった空はなんとも不穏だった。やがて大雨になるかもしれない。途中、万作が「やっぱり帰りたくない」などとぐずるので、平太が手を引き、どうにか近所まで辿り着いた。

となりの小日向《こひなた》町、大きな仕舞屋《しもたや》の横を通り過ぎたあとにいきなり風情《ふぜい》が変わって、裏長屋が並ぶ路地が見えてくる。平太たちが木戸をくぐって入って行くと、奥まったところで長屋の人々が寄り集まって、あれこれと騒いでいる姿が見えた。

「あっ、万作が帰ってきたぞ」

ひとりの老爺が、路地に入ってきた三人連れに気づいて、大きな声をはりあげた。

どんづまりに集まっていた女子どもが、いっせいにこちらを振り返る。平太には、長屋の人々が、かすかに怯えた表情を浮かべているかに見えた。

「あんたらは、どなたかね。何をしに来たんだ」

長屋の住人を代表して、大家だという五十くらいの男が、平太たちの前に進み出て来る。

平太はとっさに返すことができず、代わりに千世が丁寧に応じた。

「わたしは牛込水道町で手習い所を営んでおります、尾谷千世と申します。万作を筆子としてお預かりしている者です」

「あぁ、普段から万作を見てくれているお師匠さんか」

千世が手習い師匠だと聞いて、大家をはじめ店子たちの警戒の色も、すこしだけやわらいだ。ひりつく空気を肌で感じていた平太も、ひとまずは、ほっと息をつく。

千世は内心はともかく、落ち着いた素振りを崩さず、大家に事情を話した。

「さきほど万作が手習い所に通ってきたのですが、泣いて興奮している様子なので、事情を聞きましたら……」

「万作はなんと言ったかね？」

「母上を殴ってしまった、と」

千世が事情を話すと、ふたたび場に緊張が走る。長屋の住人が、ひややかな目で万作を見つめているのが、平太にもわかった。その視線を敏感に感じ取り、万作は「ひっ」と悲鳴をあげ、大きな体を平太に摺り寄せてくる。

平太は、怯え切った万作の手を握りながら、おそるおそる大家に向かって尋ねた。

「万作さんが言ったことは、ほんとうのことでしょうか？」

「ほんとうだよ」と、こたえる大家は渋い顔だ。

「いつもは仲が良い母子なんだがな。今朝方、となりのおかみが、万作と母親の言い合いを聞きつけて様子を見に行ってみると、母親のほうは頬《ほお》を腫《は》らして倒れていて、万作が泣きながら飛び出していくところだったそうだ」

じろり、と大家が、平太の背後で大きな体を縮こまらせている万作に目をやった。万作はふたたび悲鳴をあげ、両目に涙をいっぱいに浮かべる。

「ごめんなさい、ごめんなさい……」

「謝るなら、おれたちではなく母親に謝るんだな。他人がとやかく言うことじゃないが、近ごろは、どこかへ出かけてばかりで、おこまさんの看病をあまりしてないそうじゃないか。そのうえ、おこまさんを殴るだなんて。やっぱり、この子はちょっと頭が……」

「大家さん、そんな話は、万作の前では遠慮くださいまし」

大家がどんな言葉をつづけるのかを察した千世が、やんわりと止めに入った。

さすがに言い過ぎたと思ったのか、大家もおとなしく受け容れる。

「わかった、わかったよ。いま言うことではなかったな」

「汲《く》んでくださって、ありがとうございます。それでおこまさんのご様子は？」

「いましがた医者に往診に来てもらったところだ。顔の腫れがすこし残っているが、寝込むほどじゃない。ただ、以前に長患《ながわずら》いをしていたから、そちらのほうで体が弱ったたままだそうだ。しばらく安静にするしかなさそうだな」

「お見舞いをしてもよろしいですか？」

いったん万作はおもてで待たせておいて、千世だけが障子戸をあけて長屋のなかに入って行く。万作と手を握っている平太は、戸口から奥を覗き見た。薄暗い居間で、千世の来訪を知った痩せた女が、ゆっくりと床から身を起こすところが見えた。

遠目にもはかないほど痩せた女が、万作の母親——おこまなのだろう。

部屋にあがった千世とのやり取りが、戸口の外にいる平太たちのもとまで聞こえてくる。おこまは、「先生、わざわざこんなところに」などと恐縮しながら、頭を下げていた。

千世は、おこまのかたわらに膝をつき、労《いた》わるように言った。

「おこまさん。構いませんから、どうぞ横になってくださいまし」

「あいすいません」

千世の進言で、おこまはふたたび横になり、その体勢のまま話をつづけた。

「お見苦しいところをお見せしてしまいます」

「お気になさらず。どうですか、頬は痛みますか?」

「はい、だいぶましになりました。お気遣いありがとうございます。医者が言うには大したことはないそうです。ところで先生、うちの万作は……」

ええ、と言って、千世は玄関のほうをちらと顧みて、ふたたび視線を戻す。

「万作から事情は聞きました。はじめはすこし興奮していましたが、いまは落ち着いて、おもてで待っていますよ」

「先生……」

　おこまは痩せた腕を伸ばして、千世の膝にすがりつく。

「万作は悪くないんです。普段は乱暴なことなんて、ちっともしない子なんです。わたしが厳しいことを言ってしまったせいで、頭に血がのぼっただけなんです。だから、怒らないでやってください。大ごとにしないでやってください。万作をうちに返してください。お願いです先生」

　と、おこまは、千世に向かって幾度も頭を下げつづけた。

　その日の午後は、朝の晴天とはうらはらに、大雨に見舞われた。

　おこまの願いも虚しく、騒動のあと、万作は町の番屋でひととき預かりの身となった。

　家に帰しても大丈夫ではないのかという意見もあったのだが、すでに大家が届けを出しており、番士がやってきてしまったあとだった。事情がはっきりするまでは、ひととおりの調べをつけることになる。

　冷たい雨が降りしきるなか、番屋へ連れて行かれるとき、万作は大きな体を揺らし、

「いやだ、いやだ。帰りたいよぅ」

と泣き喚いていた。

平太は、番屋に引き立てられていく筆子仲間を、黙って見送ることしかできなかった。万作が母親を殴ってしまったのは確かだが、強面の大人たちに両腕を拘束され、首根っこをつかまれ、引き立てられる姿があまりにかわいそうで、止めに入りたくなるのをかろうじて抑えていた。

そして、平太よりさらに無力感に苛《さいな》まれていたのは、千世だったろう。

万作を番屋に預けた、その日の晩――。

「なんだ、なんだ。鬼千世さまが大荒れだというから酒を持って来てやったのに。すでにできあがっているではないか」

夜も深まった頃になって、勘定奉行の根岸鎮衛が、いつものごとく酒徳利を片手にひょっこりとあらわれたとき。自室で、千世はすでに大酒をくらっていて、文机にいまにもつっぷしそうなほどに酔っていた。

その様子を、鎮衛を部屋に案内した平太も目の当《ま》たりにしたのだが、いつもとは違う千世の酔いっぷりに、万作のことがよほど堪《こた》えていることが見て取れた。

「鉄蔵！」

酒飲み仲間がやってきたとわかると、千世は、昔の呼び名で相手を呼び寄せる。

「こっちへ来て、酒を注ぎなさい！」

はいはいと鎮衛は仰せにしたがった。

「ずいぶんと酔ってやがるな。しかも悪い酔い方だ」

「無礼な！　わたしは酔ってなどおりませんよ。鉄蔵が持ってくる安い酒などで酔えるものですか」

「はいはい、さようでございますか。じゃあ、持ってきた酒はいらないんだな」

「いえ、飲みます」

「飲むのかよ」

これは相当酔っているな、と平太に目くばせしたあと、鎮衛は、持参した酒徳利の栓《せん》を開け、千世が差し出した杯に酒をそそいでいく。それから自らの杯にも酒を満たしたあと、いきおいよく喉に流し込み、熱い息を吐いた。

「はぁ、滲《し》みる」

「鉄蔵が持ってくる酒は、いつも美味しいですね」

「さっきは、そんな安酒では酔えないとか言ったくせに。まぁ、いい。まだまだあるから、たんと飲め。それで、大荒れのわけはいったいなんだ。万作って筆子のことか？」

「どうして万作のことを知っているのですか」

水のごとく酒を流し込む千世と、茶を淹れてきた平太が目を丸くした。

「勘定奉行をなめるなよ。おれは、あらゆる伝《つ》手《て》をつかって、千世の身辺を見守っているんだからな」

「なぜ、そんなことをするのです？」

「そりゃお前、千世のことが気がかり……いや、ただでさえ問題が多いせせらぎ庵で、鬼と呼ばれる手習い師匠が、よもや不祥事でも起こしやしないかと心配でな。そうなると、尾谷の家にも迷惑がかかろうから、あちらの家族にも頼まれて見張っているのだ」

鎮衛はこう言うが、じつはもうひとつ理由があることに、平太は気づいている。

先のおみえの一件のときに、せせらぎ庵の窮地を、北町奉行の曲淵景漸という人が率先して救った。若い頃から景漸と何かにつけて競り合っている鎮衛は、それがあまり面白くなかったらしい。以来、前よりも頻繁にせせらぎ庵に顔を出すようになっている。

勘定奉行である鎮衛だってよほど忙しいはずなので、健気《けなげ》なことだとは思うのだが、千世にはあまり伝わっていないらしい。「ふぅん」と、酒焼けした熱い息を吐きながら、おもしろくなさそうに応じた。

「尾谷の家からね。あ、そうですか。あなたは息子の差し金ということですか。勘定奉行さまもお忙しくて大変だこと」

尾谷の家、というのは千世の婚家だ。

詳しい話は聞いたことがないが、まずまず名の通った旗本家らしい。当主だった夫が亡くなって、いまは息子が跡を継いでいるとのことだ。尾谷家の人々が、千世がせせらぎ庵を営んでいることを、どう思っているのか。もし、家の人が「手習い所などやめろ」と言ってきたら、やめてしまうのだろうか。

平太も気になるところだが、千世は、家のことが話題にのぼると、あからさまに不機嫌になる。ここで余計なことを尋ねて、機嫌を損ねられ、これ以上の雑務を増やされても敵《かな》わないので、平太は黙って聞き流すことにした。

「触《さわ》らぬ神に祟《たた》りなし、ってやつかな」

平太が内心でつぶやくなか。

酒杯を交わす千世と鎮衛は、話題を、くだんの万作のことに戻した。それまでは、ふざけあって話をしていたのに、互いの表情は、それぞれ手習い師匠と、勘定奉行のものになっている。

杯をかたむける速さをすこし抑えながら、鎮衛が、千世に尋ねた。

「お前が荒れているのは、万作のやったことを止められなかったからかい？」

「それもありますが、どうして、優しい万作が母親に手を上げてしまったのか。そこまで思い詰めていただなんて。ことが起こるまで、気づいてあげられなかったことが悔しいです」

「でも……」と、千世と鎮衛の話し合いに、すこし考え込んでいた平太も加わる。

「千世先生のせいじゃないです。おれら筆子仲間も、そこまで悩んでいるなんてちっとも気づかなかったし、いつもと変わらない万作さんだと思ってました。それよりも、じつは、気になることがあるんです」

「なんですか？」

「言ってみろ、平太」

千世と鎮衛に詰め寄られ、平太はすこし気おくれしながらもこたえた。

「思い過ごしかもしれませんが、おれたちが万作さんの長屋に駆けつけたときの、大家さんの態度がすこし気になったんです。母親に手を上げたとはいえ、万作さんに厳し過ぎやしないかって。最近の万作さんがどこかへ出かけてばかりで、母親の看病をあまりしていないと言ってました。だから、あんなに厳しい態度だったのかな、と」

「万作が、近ごろ出かけてばかりいる？　手習いのほかに、ということか」

「おそらくそうなんだと思います。手習いが終わるのが八つ時（午後二時頃）ですから、そのあとも、万作さんは家に帰らずどこかへ行っているのかも」

「千世は心当たりあるか？」

鎮衛が問いただすと、千世はかぶりを振る。

「いいえ、そんな話はまるで聞いたことがありません」

「そうか。だが、大家の口ぶりだと、以前は手習いからまっすぐ帰ってきていたってことだよな。今回のことは、そこに問題の一端があるのかもしれねぇな」

長患いのせいで、あまり万作を構ってやれなくなったおこまも、自分が臥せっているあいだに生まれた万作の微妙な変化に、漠然《ばくぜん》と気づいていたのかもしれない。だからよけいに、自分がいなくなったあとの、息子の行き先について不安になった。

「おこまさんも、ずいぶんと焦っている様子でしたからね」

千世は、昨日訪ねていったとき、おこまと話し合ったときのことを思い出していた。


千世の前で、おこまは語っていた。

息子との仲が微妙にこじれはじめたのは、自分が長患いをした後のことだと。今年の梅雨時は、いつもより雨が少なく、かわいた夏で、暑いときも長かった。いつもより長い夏がこたえたのか、夏風邪をこじらせ寝込んだおこまは、床についているあいだ、ふと考えてしまったのだという。

体が大きく心優しい息子だが、おなじ年ごろの子どもたちと比べて、もの覚えが遅い。鋳物師としての修業も、夫の元弟子に匙を投げられてしまった。いまは手習いで多少読み書きができるようになったが、手に職がつくまであと何年かかるのか。いますぐに自分が世を去ったとしたら、万作はひとりで生きて行けるのか。

「万作には、無理なのではないかしら」

床についてじっとしているときは、とかく後ろ向きなことを考えてしまいがちだ。おこまは、何年かかるかわからない手習いをさせるよりも、すぐにでも鋳物の修業を再開させるべきではないかと思い立ったという。

そこまで話を聞いた鎮衛は、なるほどと顎を撫でた。

「おこまっていう母親は、手習いよりも、鋳物の修業をさせたくて、せせらぎ庵をやめさせようとしていたのか？」

「手習いをやめさせたがっていたというよりは、鋳物の修業を優先させたかったのでしょう。読み書きよりも、自分ひとりで生きて行ける手業を、はやく身につけさせたかったのだと思います」

「読み書きも、独り立ちには役立つものだけどなぁ」

「考えは人それぞれですから」

とにかくそんな考えがあって、おこまは年の瀬になってやっと床払いし、寝ているあいだに考えていたことを、息子に話して聞かせた。内心焦っていたから、「手習いをやめて、ぜひとも修業をしなさい」と、やや強引に話をすすめたかもしれない。

ところが万作には、それが大きな重圧になった。だからこそ、先日、千世に相談に来たのだ。

そのときのことを思い出しながら、千世はしみじみとつぶやいた。

「万作は、あわててなにかをやらせて、うまくいく子ではありません。たっぷりとした時が必要です。独り立ちのため準備をするためにも。焦って、無理強いして、修業に出しても、きっと潰されてしまう。取り残されて孤独になってしまう。おこまさんだって、そのことはよくわかっていたはずなのに」

「母親も焦ってまわりが見えなくなっているんだろうよ」

「おそらく、そうなのでしょうね」

一度目のすれ違いののち、万作母子の考え方の相違は、すこしずつ大きくなっていったのだろう。想像すると、千世も平太もつらい気持ちになった。普段から仲が良かった母子だっただけに、諍いが起こったときの反動は、より大きいのではないかと思ったからだ。

以降、母子どうしの言い争いは、さらにはげしさを増していった。

そして騒動の当日、母親の焦りも頂点をきわめたのかもしれない。大家の言葉を信じるのならば、きっとその日も帰りが遅くなり、おこまは息子に向かって、ついに、きつい言葉を投げつけてしまった。

「あんたはもう、せせらぎ庵へは行かなくていいよ」

どうして？　と万作は聞いただろう。

それがよけいに、おこまを苛立たせた。

「手習いなんかよりも、やらなければいけないことがあるだろう。鋳物の修業をするんだよ。はやく、おっかさんを安心させておくれ！」

おっかさんだって、こんなことは言いたくない。

だけど、年が明ければ十六にもなろうってのに、あんたがいつまで経っても一人前にならないから。

万が一があったとき、おっかさんは心残りで成仏《じょうぶつ》できやしないよ。

あんたはなにをやっても遅いんだから。

はやく修業をしないと、間に合わないのだから。

はやく、はやく、はやく！

そんなことを、矢継ぎ早に、まくしたてたのかもしれなかった。

おこまとて、すべてが本心ではなかったろう。むしろ万作を思っているからこその言葉だったはずだ。

だが、万作には耐えられないものだった。これまで蓄積していた鬱憤《うつぷん》もあり、母の言葉は棘《とげ》となって万作を追い詰めた。

そして——頭に血が上った万作は、母親に手を上げてしまったのだ。

話をひと段落させると、酒が過ぎた千世は、文机につっぷして眠ってしまった。

いっぽう平太は、すっかり頭が冴えてしまって、夜更けだというのにちっとも眠気が襲ってこない。

手習い部屋の障子をあけて夜空を眺めていたところ、千世を床につかせてきた鎮衛が、「うぅ寒い」と言いながら背後に座り込む気配を感じ取った。

「まったく冷えるなぁ、冷えすぎて、酒でも飲まなけりゃやってられん。おい平太、開けっ放しにしていると風邪をひくぞ」

「根岸さまも、お酒はほどほどに。酔いが冷めたときに、いっきに冷えますからね」

障子を閉めた平太は、火鉢を部屋の真ん中に押しやると、膝を進めて鎮衛のすぐそばに座り直した。

「先生はおやすみになりましたか」

「あぁ、さんざん愚痴をこぼしたあげく、気持ちよさそうに眠ってしまった。さて、おれもそろそろお暇《いとま》しようか」

「お茶を淹れますから、一服していってください。酔ったままだと足元があやういですからね」

「そいつは、ありがたい。頼むよ」

寒い、寒いと言って、両手を火鉢であぶっている鎮衛をよそに、平太は台所へ降りていって、茶の支度をはじめる。ふたりぶんの湯呑を持って戻ってくるころには、灯火に照らされた鎮衛の顔からは、すっかり酔いが引いているかに見えた。いや、もしかしたら、もともと酔ってなどいなかったのかもしれなかった。

湯呑を差し出してから、平太は、あらためて話しかける。

「千世先生、なにげなく振る舞ってましたけど、もしかしたら気落ちしていらっしゃるかもしれませんね」

「してるだろう、酒豪の鬼千世さまが酔いつぶれるほどだから。筆子が自身番にしょっぴかれたら、そりゃあ気落ちもするだろうさ」

「人を教える師匠っていうのは、大変なものなんですね」

「子どもたちの行く先を見届けなればいけないからな。しかもせせらぎ庵は、他所にいられなくなって、たらいまわしにされたっていう子が多い。だからよけいに親身にならざるを得ないんだろう」

「千世先生はどうして手習い所をはじめたのでしょうね。名のある旗本のご妻女ならば、楽隠居だってできたはずなのに。しかも、わざわざ尾谷の家を出て。手習いをしたいのなら、家から出なくても、尾谷家のお屋敷に居たままでも、できたかもしれないのに。わざわざ町屋を借りてまで外に出たのには、わけがあったのでしょうか」

「それはまぁ、あれだな。いずれゆっくり話してやるさ。うん、平太の淹れる茶はいつも美味い」

茶を飲むふりをして話をはぐらかされてしまったので、平太はすこし残念に思ったが、鎮衛が話をしぶるからには、相応のわけがあるのだろうと諦めた。

かわりに、万作のことに話を戻す。

「万作さんも、いまごろ番屋で眠れずにいるかもしれませんね。お調べのあと、お咎めを受けてしまうでしょうか」

「母親もたいした怪我ではなさそうだし、万作自身、気が動転していたわけで、大した罪にはならんだろう。ただし、おれが気になるのは、これから世間がどう見るかってことだ」

「世間、ですか？」

そうさ、とこたえる鎮衛の声は苦々しい。

「万作は、手習い所をいくつもたらい回しにされた悪童。普段から、すこし変わった子だった。普段から悪さをする子だった。だから母親を殴った。そういうふうに見られなければよいのだが」

「万作さんが手習い所をいくつも変わったのは、手習いについていけなかったからで、べつに悪さをしたわけでは……」

「真実はそうだ。だが、噂は妙な形で広まるからな。くわえて、そんな悪童ばかりが通う、手習い所への目も厳しくなるかもしれない。せせらぎ庵は、ここ半年のあいだに色々ありすぎた。房吉一家のこともあったし、おみえの一件だってそうだ。今回の騒動のこともある。そもそも千世自身が、鬼師匠だなんてささやかれているし、薙刀を振り回していれば悪目立ちもする」

「悪目立ちだなんて。先生が騒動を起こしているわけではないし、はげしく怒るのだって、筆子たちのことを思っているだけなのに」

不満いっぱいになって、平太は頰を膨らませた。話をしている鎮衛もまた、おもしろくなさそうに相槌《あいづち》を打っている。

「おれだってそう思うさ。平太や筆子たちも、千世のことをよくわかっている。だけど、伝え聞いた話でしか、千世やせせらぎ庵のことを知らない者たちは、どうしたって噂を真実と見るだろう。筆子がつぎつぎに問題を起こせば、千世は手習い師匠として力不足、子どもたちをまるで御《ぎょ》しえていない、どころか悪いことを教えているんじゃないかと、疑われることだってある」

万作は、平気で親を殴る問題児である。

せせらぎ庵は、問題児ばかりを抱え、矯正《きょうせい》も教育も行き届かない手習い所だ。できごとの表面や、噂話を信じてしまっている人たちは、結果、「手習い所の師匠が悪い」とさえ言い出すかもしれないのだ。

鎮衛の話を聞いて、「あんまりです」と、平太は歯がみする。

「妙な噂ばかりがさらに広まってしまったら、せせらぎ庵はどうなってしまうでしょう?」

「ここに通う筆子はもっと減っていくだろう。江戸中に手習い所は数多《あまた》あるからな。この町内にだって、三、四軒はあろう。評判の悪い手習い所に、我が子をわざわざ通わせる親もおるまい」

「でも、せせらぎ庵は、ほかの手習い所になじめなかった子でも、ずっと通うことができる手習い所です。そんな子が通いつづけられるってことは、すくなくとも、世に必要とされている手習い所だってことです。一蔵ちゃんだって、おみえちゃんだって、前いたところでは居心地が悪くて、せせらぎ庵に来たと言っていました。おさとちゃんも、右手のことで今までずっと苛められてきたって。手のことを嘲笑《あざわら》わなかったのは、せせらぎ庵の筆子だけだって。おれだって、ほかの手習い所だったら声が出ないままだったかもしれない。江戸にだっていられなくなって、鎌原村に逃げ帰ったかもしれない」

せせらぎ庵を、心から求めている子どもは、たしかにいるのだ。世間がそのことを知らず、誤解ばかりが伝わっているのならば、自分が正しいことを広めていきたいと、平太は訴える。

渋い顔をしていた鎮衛が、かすかに相好《そうごう》を崩した。

「平太がそう言ってくれるなら、千世も心強いかもしれねぇな」

お前たち筆子だけは、せせらぎ庵を信じてやってくれな。そう言いながら、鎮衛は、平太の頭をなでる。

「頼んだぜ、平太」

鎮衛は言ってから、平太が淹れた茶を飲み干した。

騒動の翌日。この日の朝もまた、息も凍《こご》えるほどの寒さに見まわれていた。早々に朝餉を取った平太は、手習いが始まる前に一度、番屋に入ったままの万作の様子を見に行こうとしたのだが、それに先立ち、せせらぎ庵に来訪者があった。

最年少の筆子であるおはつが、母親とともに朝早くに訪ねてきたのだ。おはつはいま六歳だが、母親は娘と見まごうばかりに若く見えた。まだ二十歳をいくつも超えてはいないだろう。

その母親が、朝早くに、すこしこわばった顔をしてあらわれた。

いったいどんな用向きだろうか。

朝餉の片づけをしつつ、茶を淹れるための湯をわかしながらも、平太は気がかりだった。これまで、おはつの母親がせせらぎ庵にやって来ることなど、ほとんどなかったからだ。妙な胸騒ぎがした。

台所の片づけを終え、客人に茶を持って行く段になり、胸騒ぎが的中したことを悟った。

「じつは、昨日、亭主と話したんです。千世先生には悪いのですけど、うちの子はせせらぎ庵をやめさせてもらおうと思いまして。この通り、堪忍してください」

手習い部屋の襖越しに、おはつの母親の声が聞こえてきて、おもわず部屋に入るのをためらってしまった。茶を出すのは後にするべきかどうか迷い、襖がわずかに開いていたので、隙間からなかの様子を覗き見る。

母親からの申し出を受け、千世は、なにひとつ表情を変えていなかった。いつものごとく居住まいを正し、涼しい顔でうけこたえしている。

「お話はわかりました。手習いに通わせるかどうか、どこに通わせるかは、あなたがた決めることですから、頭を下げることなどないのですよ。ただ、わけを聞かせてもらうわけにはいかないでしょうか」

若い母親はひどく恐縮しながらも、かすかに、あどけなさが残るものいいでこたえた。

「一番のわけは、一緒に通っているおみえちゃんが、やめちまったことなんです。おみえちゃんは、うちの子をよく面倒見てくれたし、こちらに通っている女の子はふたりきりだったでしょう。おみえちゃんがいないとなると、女の子はおはつひとりになっちまうし、どうしたものかなって」

「近ごろ、もうひとりの女の子が入りましたよ。おさとといいます。十一歳で、しっかりしてますから、おはつの面倒も代わりに見てあげられると思います」

「でも、それでもたったふたりだし。あとは男の子ばかりだし」

「男の子が多いのが問題ですか？」

「うちの人とも話し合ったんだけど、おはつには、いずれ行儀見習いをさせたいと思っていて。だから、女の子がたくさん通っている、行儀見習いもできる手習い所に、早いうちから通わせたほうがいいんじゃないかって。いえ、千世先生が行儀を教えられないなんて、思ってやしないんですよ。先生こそ歴とした旗本の出だもの。ただ……あんまり乱暴な、いえ、元気のありあまってる男の子とばかりじゃ、これからも馴染めないいんじゃないかってね」

乱暴な男の子とは、万作のことを言っているのだろうか。

昨日の騒動をどこかで聞きつけ、夫とも相談し、おはつを他所へ通わせようと決めたのだろうか。

言い訳をつづける母親の横で、おはつは、うわのそらでいるだけだ。自分の意志で、どこの手習い所に通いたいかを、決められる年ではない。これまでは、たまたま近所だから通っていたに過ぎないのだ。親としては、すこしでも悪い噂を聞けば、我が子を他所へ移したいと思うのは当然かもしれない。

母親の気持ちもわかるから、千世は黙って話を聞いていた。襖越しに話に耳を傾けている平太でさえ、相手を責める気にはならなかった。用意した茶が冷えていくなか、おはつの母親の話はつづく。

「もちろん、千世先生にはよくしていただきました。おはつは、ここに通ってからだいぶ読み書きができるようになって、ずいぶんと覚えるのが早いなんて、うちの人とも話したことがあります。先生のおかげです。ただ、女の子がね、ええ、もうすこしたくさんいたらよかったんですけどね」

「あなたがたご夫婦の気持ちはよくわかりました。おはつによかれと思う道を、ぜひ選んであげるべきですよ」

おはつの母親に向かって、千世はほほえみかけている。

対する母親も、ほっとした笑みを浮かべていた。鬼千世と呼ばれる手習い師匠のことだ、もっとごねられると思っていたのだろう。若々しい純粋さで、よかったよかった、と我が子の頭をなでている。

「よかったね、おはつ。さぁ、千世先生にありがとうをお言い。昨日教えたとおり、お別れの挨拶もできるだろう？」

「ありがとう、さようなら、千世先生」

「こちらこそ、ありがとう。おはつも、これから行く手習い所で、一所懸命学んでくださいね」

さようなら、とにこやかに返す千世の姿を見て、笑顔の裏にはどんな気持ちがあるのだろうと、平太は想像していた。胸が痛んだ。いずれは筆子たちを送り出さねばならない手習い師匠だが、こんな形での別れなど、望んでいたわけがない。

それでも——子どもたちを、どこで教えていくのか。どんな場所で育てたいのか。どんな教えを望むのか。決めるのは、手習い師匠ではない。手習いを受ける子どもたちであり、その親たちなのだ。

すっかり冷えてしまった茶を出す暇もなく、おはつ母子は、せせらぎ庵を去って行ってしまった。


おはつ母子の来訪があったので、けっきょく朝のうちに万作の様子を見にいくことはできなくなり、じきにほかの筆子たちが通ってきたので、ひとまずは、いつも通り手習いがはじまった。

おはつを欠いた手習い部屋で、平太はなかなか手習いに身が入らない。

千世は一見なにも変わりはなかった。いつものごとく、子どもたちおのおのに合わせ、淡々と手習いを進めている。

むしろ気を遣っていたのはほかの筆子たちだ。すでに万作のことを耳にしてるだろうし、おはつがいないことにも気づいているから、どことなく落ち着かない雰囲気だ。

手習いのあいだ、平太のとなりに座った一蔵が、ひそひそと話しかけてくることもあった。

「なぁなぁ、万ちゃんっていまどうしてるの？　番屋に預けられたってほんとうかい？」

「う、うん……じつは、そうなんだ。みんなはわけを知ってるの？」

「知ってるさ、とっくに町内中の噂になってるよ。ずいぶん大ごとになっちまったんだなぁ。もう番屋は出たのかな」

「どうだろうね。手習いが終わったら、千世先生が様子を見に行くはずだけど」

一蔵ばかりではない。留助や、年少組の茂一、弥太郎、亀三までもが、平太の話に耳を傾けているのが見て取れる。

子どもの好奇心は抑えられるものではない。千世も、ひそひそ話に気づいているだろうが、あえて咎《とが》めもせず、おのおの子どもたちの文机をまわって手習いをつづけていた。

――せせらぎ庵じゃないみたいだな。

場の重苦しい空気を感じ取り、平太は居心地の悪さを覚えていた。筆子の人数は少なくとも、子どもたちが望むままに、熱意をもって手習いをする。せせらぎ庵独特の雰囲気が、すっかり失われていると思った。

けっきょく、この一日、本来の雰囲気には戻ることなく、午後の手習いまで終わったのだが。

八つ時になり、子どもたちが帰り支度をはじめると、さらに良くないことが起こった。

めったに顔を見せたことのない弥太郎の母親がやってきて、

「弥太郎をべつの手習い所に通わせたい」

と申し出てきたのだ。

まさか、一日のうちに、二度もやめたいという申し出があると思わないから、さすがの千世も面食らって、しばらく言葉が出ない。

「わけを、お聞かせ願えますか」

すこし間を置いて、そう言うのが、せいいっぱいだった。

弥太郎はいま八つである。一年前からせせらぎ庵に通いはじめた。ひどく内気なところがあり、自らの殻にとじこもりがちで、他人に合わせることが不得手だった。だから、ひとりひとりに合った手習いをするせせらぎ庵に来たのだが、繊細な子を持つ親としては、近ごろ悪評の多い手習い所に通わせることはできないと、はっきりと伝えてきたのだ。

男の子はだいたい十歳前後で奉公に上がることが多い。となると、弥太郎はあと二、三年は手習いをすることになるだろうし、その長い時間を、よりよい場所で過ごさせてやりたいという親心ゆえだろう。

「さようですか」と言ってから、千世は、母親の横でかしこまっている弥太郎に目を向けた。

「それでよいのですね、弥太郎？」

だが、弥太郎は目を背けてなにもこたえず、代わりに母親がこたえた。

「もう決めたことなんです。先生には申し訳ないですけど」

「いいんですよ。弥太郎さえ、それでいいのなら」

弥太郎は黙りこくったままだ。本人の真意はわからない。ただ、おそらく両親に、もっといい手習い所に通わせてやると言われたのかもしれない。八歳の子どもに、しかも他所の手習いに通ったことのない子に、どこの手習いがいいとも、自分にはなにが向いているのかも、まだまだわからないであろうから。

ならば、手習い所を変わったあと、弥太郎がいまよりも健やかにのびのびと成長してくれることを祈るのみだ。

一度だけ細い息をついたあと、千世はおだやかに言う。

「できることならば、弥太郎がどんな道へ進むのか、どんな大人になっていくのか。わたしが見届けたいとも思いましたが、近所にいれば噂も耳に入りましょう。幸あることを、かげながらお祈りさせてもらいます」

「これまでありがとうございました。千世先生」

「こちらこそ、ありがとうございました。とても楽しかったですよ、弥太郎」

千世は、弥太郎にほほえみかける。師匠の笑顔を受け、弥太郎もやっと緊張がほぐれたのか、前歯が抜けた口でにっかりと笑った。

「ありがとうね、千世先生」

「では、うちの子が通うのは、今年いっぱいということで」

今年いっぱいということは、すでに師走なので、弥太郎がせせらぎ庵にいられるのは、もうひと月もないということである。

「お邪魔しました」と言い残し、弥太郎母子もまた、おはつたちと同様、ほっとした表情でせせらぎ庵をあとにする。

年の瀬の寒空のなか、千世が親子の後ろ姿を見送っている。平太も一緒だ。坂をくだっていく母子の姿が見えなくなるまで門前に立ちつづけた。

「これで、よかったのですか？」

たまらず、平太は千世に呼びかけた。

「親が、弥太郎のためと思い決めたことです。仕方ないですよ」

こたえながら、弥太郎たちを見送る千世の横顔は、おもいのほかすがすがしい。

冬の夕陽に照らされた横顔があまりに美しく、まっすぐに伸びきった姿勢があまりに伸びきっていて、見ている平太のほうがせつなくなってきた。

「弥太郎がどんな道に進むのか、どんな大人になっていくのか、見届けたかった」という、先ほどのなにげない言葉に、嘘偽りはないだろう。手習い師匠は、子どもたちの人生を半分背負っている。子どもをいかに教えるかによって、その子どもが大人になり、最後のときを迎えるまで、人生を左右するかもしれないからだ。だからこそ責任があるし、手習いを終えるまで見届けたいと思うのだろう。

平太は、千世に見届けてほしいと願っていた。

江戸だけでも、さまざまな考え、多様な方針を持つ手習い師匠が数多いる。誰に師事するかを決めるのが筆子だというのなら、平太は、最後まで千世に習いたかった。

「みんながやめてしまっても、おれだけは、せせらぎ庵に残ります」

つい言いかけて、喉元でとどめた。

千世ならば、口にせずともわかってくれるのではないかと、どこかで思ったからだ。

となりにたたずむ美しい横顔からは、心情を読み取ることができない。だが、弥太郎を見送る千世からは、迷いは感じられなかった。筆子がふたり去ってしまっても、己の考え、方針に、揺るぎはないのだろうと。

鬼千世さまと呼ばれる師匠の横で、平太は、「ふふ」と、すこしだけ笑ってしまった。

「これから万作のところへ行ってみます」

朝から夕方までめまぐるしく過ぎたこの日、千世は、夕餉を取ったあと平太に告げた。

筆子が減り、残された子どもたちへの配慮、せせらぎ庵の経営そのものについて、考えなければいけないことは山とあるが、いま気がかりなのは、やはり万作のことだった。

「万作は、番屋から帰してもらえたでしょうか」

昨晩、番屋に連れて行かれた万作は、今日のうちに調べを受けたあと、ふつうならば長屋に帰されているはずである。よほどの凶悪な事件であると、番屋から大番というところに移され、さらに厳しい詮議《せんぎ》をされるのだが、親子喧嘩くらいの騒ぎであれば、さほど大ごとになってはいまい。

それでも、万作が長屋から帰ったあとのことが気がかりだ。母親のおこまは病み上がりであるし、万作はずいぶんと意気消沈していたそぶりだった。なにより、近ごろ万作がすこし変わったらしいとの噂を聞いたあとなので、様子を見なければならない。

夕餉を取ったあと、千世が綿入れを羽織って出かける支度をはじめたので、食器をあわてて片づけたあとに、当然のごとく平太も名乗りを上げた。

「おれも行きます」

「平太はここにいなさい。もう夜遅いですよ」

「夜遅くに、先生だけを行かせるほうがよほど心配です。それに、万作さんも気落ちしていると思いますし、先生が母上と話しているあいだ、おれはおれで、万作さんの話し相手をしていますから」

「わかりました。万作もそのほうが落ち着くかもしれませんね。では、一緒に行きましょう」

火の元を重々にたしかめたあと、灯明を手に千世と平太は、万作が住む長屋へと出かけることにした。

おもては空《から》っ風が吹き荒れていた。耳が千切《ちぎ》れそうなほどの冷たい風だ。綿入れを羽織っても、おおわれていない顔や手足の先から、いっきに体が冷えていく。

凍えながらも、つい先日、万作とともに辿った道順のとおりに長屋へ向かった。

冬の夜道では、行き交う人もほとんどなく、いつもよりいっそう寂しい雰囲気だ。千世と平太は身を寄せ合いながら、急ぎ足で歩いていく。目的の長屋が近づいてきて、路地を折れると、各家から漏れる仄《ほの》かな明かりが見えてきて、ふたりはやっとひと息をついた。

路地裏のどんづまりが万作母子が暮らす部屋だ。平太が路地の奥へ踏み出したところ、前を歩く千世が「待ってください」と止めた。

路地の奥から、複数の草履が、地を摺る音が聞こえてくる。ずるずると、だらしない足音だ。やがて暗がりから、千鳥足の男たちが三人あらわれる。

お互いが近づいたとき、男たちがつよい酒の匂いを放っていること気づいた。呂律《ろれつ》の回らぬ話し声が、いやおうなく平太の耳に入ってくる。

「ちぇ、万作のやつ、留守とは気が利いてねぇや」

「だから言ったろ、あいつ昨晩、番屋の世話になったらしいって」

「番屋だって？　厄介《やっかい》だな。そうなりゃつきあいもここまでか。せっかく暇《ひま》つぶしができると思ったのによ」

狭い路地なのでよけきれず、すれ違いざま、男のひとりの肩が、千世の体に当たった。

ひどく酔っぱらった男が、やっと千世と平太のことに気づいたのか、肩をおさえながらすごんできた。

「痛《いて》ぇな、気をつけやがれ、婆さん」

「なんですって？」

千世も負けじと応じると、かたわらにいた平太は、あわてて千世の袖を摑《つか》んでおしとどめた。暴言を吐く男たちに、いますぐにでも千世が突っ込んでいくかと案じたからだ。いま手元に薙刀がなくてよかったと、心から思ったものだ。

そこで平太はふと気づいたのだが、間近で男たちをよく見ると、酒を飲んではいるが、思いのほか年若い連中であることがわかった。

せいぜい十五、六歳くらいか。万作と、さして年の変わらぬ若者たちだ。

平太が千世を引っ張って若者たちから離れたので、それ以上は、相手は絡《から》んでこなかった。「おもしろくねぇぜ」とくだを巻きながら、おもて通りへと去っていく。

それを路地裏で見送ってから、平太は額の冷や汗をぬぐった。

「ふぅ、喧嘩にならなくてよかった」

「平太、あなた、わたしがすぐに喧嘩をはじめると思ってますね」

「だって事実、先生は喧嘩っぱやいじゃないですか」

「……あんなたちの悪い酔っ払い、相手にするまでもありません。それにしても、あの連中、万作の名を出してましたけど、いったいどんな知り合いなのか。年の頃も近いみたいだし、すこし気になりますね」

平太の評価はさておくとして、千世は、万作の知り合いらしい若者たちが何者なのか、考え込んでしまった。

「もしかして」

「なんです、先生」

「万作が近ごろ帰りが遅かったのは、さっきの連中がかかわっているのではないでしょうか。暇つぶしと言っていましたが、万作は、あいつらにそそのかされて、一緒に遊んでいたのかもしれません」

「あんな人たちと？　万作さんが？」

「ただの憶測ですけどね。詳しいことはあとで聞いてみるとして、とにかく、万作のところに行ってみましょう」

いましがたすれ違った若者たちは、万作は留守だとぼやいていたが、ほんとうなのか。

路地の奥まったところをめがけて、千世が駆け足になった。平太もそれにつづく。目的の部屋の戸口には、たしかに明かりが見えなかった。

「たしかに、万作の家の明かりがついていません」

「どうしてでしょう?」

「わかりません」

家の前に立つと、暗いままの障子戸を叩いてみる。返事はない。それでも、千世は幾度か戸を叩きつづけた。

「万作、いるのですか。おこまさん?　せせらぎ庵の千世です」

「やっぱり留守ですね」

では、ふたりはどこへ行ったのか。万作はいまだ番屋から帰されていないのかもしれないが、病み上がりのおこままで不在となると、やはりおかしい。

「ごめんください」とことわっておいてから、平太は戸口に手をかけて、いっきに開けはなった。無断のまま真っ暗な土間へ入り、居間のほうをのぞきこむ。

すると、平太たちのあわてた声や、物音を聞きつけたせいか。はたまた、先ほどの酔っ払いたちがまた戻ってきたと勘違いしたのか。向かいの家の戸口が開いて、明かりを持った主らしい男が顔を出す。

「なんだい、なんだい、さっきから。こんな夜更けにうるせぇな。お前たち何者だ」

「あれ？　この前いらした手習い所のお師匠さんじゃありませんか」

　男につづいて、明かりを掲げた女が顔を出した。先日、万作とともに長屋を訪れた際、大家とともにこの場にいたひとりらしい。相手も、平太たちのことを覚えていた。

「あんた、この人たち、さっきの酔っ払いたちとは違うよ。万作ちゃんの手習いのお師匠さんだ」

　女が亭主に向かって説いている。すると男のほうもやや口調をやわらげた。

「万作のお師匠さんか」

「昨日の騒ぎのとき、万作ちゃんを長屋まで連れてきてくれてね。で、そのお師匠さんが、今夜も万作ちゃんに用なのかい？」

　はい、と平太が、千世にかわってこたえた。

「万作さんは、もう番屋から帰されたのでしょうか」

「あぁ、今朝には番屋から帰されてきたよ。これといったお咎めはなしさ。ただの親子喧嘩だものね。万作も反省していたようだし、普段から親子仲はよかったって、長屋の者たちも申し立てしたからね」

やはり大したお咎めはなく、万作は番屋から帰されていた。

では、なぜ万作親子は長屋にいないのか。

もぬけの殻である万作宅を顧みてから、平太はあらためて口を開く。

「じつは、万作さんとおこまさんが留守のようなんです。先生もおれも、万作さんの様子をたしかめにきたのですが、おこまさんまで姿がなくて」

「なんだって？」

と、向かいの家の夫婦は、やっと万作宅に明かりが灯っていないことに気づいたらしい。

「あらいやだ、あんた、ほんとうだよ。向かいの部屋が真っ暗だ。どこへ行ったんだろうねぇ、こんな夜中に。あたしは今朝方、万作が帰ってくるところをたしかに見たよ。おこまさんが泣きながら出迎えている声も聞いたんだ」

朝方までは、万作親子はたしかに長屋にいたという。では、ふたりはいつのまに姿を消してしまったのか。

平太の言葉を受けて、亭主のほうが、あらためて万作宅に踏み込んだ。

暗がりに目が慣れてくると、部屋のなかに住人の姿がないことが、はっきりとわかる。

「おい、小僧の言う通りだ。万作もおこまさんもいねぇぞ」

不穏な雲行きになってきて、向かいの夫婦が大家のもとへ駆け込んだので、それから長屋一帯は騒がしくなった。亭主のほうが大家にあらましを伝え、すぐさま番屋に届けるために使いを出す。その間にも、騒ぎを聞きつけたご近所さんがつぎつぎとおもてへ飛び出してくる。みな懐手をして寒い寒いと言いながらも、ことのしだいを見守っていた。

「おこまさんたちがいねぇってよ。おめぇ、出かけるところ見てねぇか」

「いやわからねぇな。湯屋にでも行ってるだけじゃねぇのか。番屋から戻ってきて、厄払《やくばら》いをしたくなったのかも」

「万作はともかく、おこまさんはどうだ。あんな病み上がりの体で湯屋もねぇよ」

「ならば、いってぇどこへ行ったたってんだよ」

長屋の住人が言い合うなか、路地の入口のところでことのしだいを見つめていた千世が、何を思ったか表通りへと飛び出した。住人の話し合いに気を取られていた平太も、気づいて後を追う。

「待ってください、千世先生」

暗い夜道、千世は、自分たちが歩いてきた通りを引き返していくところだった。平太も追いすがって横に並ぶ。手にした明かりを掲げてみると、千世がひどく険しい顔をしているのがわかった。

「どこへ行くんですか、せせらぎ庵に戻るんですか。万作さんたちを探さなくてもいいのですか」

「いやな予感がします。平太、明かりを貸してください」

「は、はい」

千世は平太の手から灯明を受け取ると、行く手を照らし、ますます足を速めた。

いやな予感とはどういうことか。千世と歩調を合わせながら、平太もまた胸がざわつく感覚を覚えていた。

やがて歩き慣れた町内に戻ると、横手から川のせせらぎが聞こえてくる。神田川のすぐそばまでやってきたらしい。暗くて土手の下はよく見えないが、音からして、かなりの急流になっていることがうかがい知れた。おそらくは、昨日の大雨のせいだろう。

　通りをつっきってせせらぎ庵に戻るのかと思いきや、千世はいったん川沿いの土手へと上がり、手にしていた灯明であたりを照らした。何かを探しているらしい。平太も目を凝《こ》らす。手にした明かりはあまりに心もとなく、あたり全体を見渡せるわけではないが、自分たちの足元を、川の水がかなりの速さで流れていることだけは見て取れた。

「千世先生、いったい何を探しているんですか？」

「しっ、なにか聞こえませんか」

「わかりません。川の音がうるさくて、それにこう暗くてはなにがなにやら……」

　返事をしているさなかだった。平太は、川の流れとはべつの物音に気づいて、口をつぐんだ。河原に生えた草がかきわけられる、乾いた物音がかすかに聞こえてきたのだ。

　千世もまた物音に気づき、明かりを持った片手をさらに伸ばし、より遠くへと目を凝らす。

　すると、かすかに見えた。眼下の河原を突き抜け、本流に向かって進んでいく人影がある。ひとりではない、大柄な者と小柄な者のふたり連れだ。ふたりの姿には、見覚えがあった。

「万作、おこまさん！」

黒い影に向かって千世は叫んでいた。叫んだあと、自らも土手から駆けおり、人影を追いかけていく。

平太は足が竦《すく》んでとっさに動けなかった。本流へ向かう人影と、それを追う千世の後ろ姿と明かりとを、呆然と見つめていた。

やっと動くことができたのは、千世の追跡に気づいた人影が、それを振り切るために、急ぎ足で川へと向かうのを見たからだ。ふたりが進む先は、水嵩《みずかさ》が増した激しい流れしかない。ふたりは川に入ろうとしているに違いなかった。こんな寒空のなか、激しい流れに身を投げることがどういうことか、平太にも容易《たやす》く想像ができた。

「待って、待ってください！」

ことの重大さに気づいた平太もまた、土手を駆け下りて行った。

冬のあいだ手入れが行き届かない河原は、枯れた雑草にみっしりとおおわれていた。急ぎたくとも、なかなか千世たちに追いつけない。もがいているうちにも、遠くで、水のなかへとなにか重たいものが落ちる音がして、背筋が凍り付いた。

「おこまさん、ばかなことはおやめなさい！」

つづいて、千世の悲鳴が聞こえてくる。

息も切れ切れになりながら、千世が掲げる明かりを目指して、平太は目の前の草を一心不乱にかきわけた。やっとのことで川のそばへと出ると、目の前で、千世が明かりを置き、濡れるのもいとわず濁流のなかへ足を踏み入れる姿が見えた。

平太もまた叫んでいた。

「いけません、やめてください、先生！」

駆けつけた平太は、川面《かわも》に足を踏み入れた千世の袖をとっさに摑んだ。力のかぎり引き戻す。河原にひきずり出された千世は、尻もちをついたが、平太の手をふりきってふたたび川に入ろうとする。それを制しておいてから、平太は暗い川面に視線をめぐらせた。

黒い流れのなかに、見覚えのある丸い顔がひょっこりとあらわれたことに、すぐに気づいた。万作に間違いないと思って、平太は呼びかける。

「万作さん！　大丈夫ですか」

「平ちゃんかい？」

川のなかの万作が、平太の呼びかけに気づいた。

身丈がある万作は、嵩をました川のなかでも、かろうじて立ち上がることができたらしい。だが、一緒にいるはずのおこまは頭の先しか見えないし、おこまを支えている万作も、激しい流れのなかで身動きがしにくそうだった。

顔だけをのぞかせながら、万作が何かを叫んでいるが、水の音に流されてよく聞き取れない。つづけざまに何度も叫ぶなか、「おっかぁが」という声がやっと聞こえてきた。

「どうしました、万作さん」

「おっかぁが、水を飲んじまった！」

母親のおこまは小柄な女性だ。嵩をました濁流のなかで足がつかずに、おぼれているのかもしれない。どうしてよいかわからず、万作は平太たちのほうへ向かって泣き喚いた。

「平ちゃん、平ちゃん！　どうしよう」

「おこまさんを放さないでください。とにかく踏ん張って！」

平太はこぶしで胸を叩き、自らを落ち着かせた。足元の灯明が無事であることをたしかめると、明かりを持ち直し、あたりを見回した。

すると、万作が立っているところのすぐ後ろに、桟橋《さんばし》がかかっているのを見つけた。

このときのために、声が戻ってよかったと、心から平太は思った。万作に向かって、声もかぎりに叫ぶ。

「万作さん、あなたのうしろに桟橋が見えます。そこに摑まって！　いますぐにそちらへ行きますから、おこまさんと一緒に、とにかくそこに摑まっていてください！」

濁流のなか、かすかに万作がうなずいたかに見えた。

つぎの瞬間、黒々とした波濤が親子におおいかぶさる。長身の万作ものみ込まれ、姿が見えなくなった。すぐあとに、桟橋に手を伸ばす万作の姿が見えたが、またもや急な流れが押し寄せて親子の姿をおおい隠した。つづいて川面を大きな朽《く》ち木が流れて行く。もしや流木にぶつかって親子が流されてしまったのかと、ひやりと肝を冷やした。

やがて風が凪《な》ぎ、流れもすこしだけゆるやかになる。

息をのんで見守る平太の視線の先。向かいの桟橋に乗り上げた、万作とおこまの姿が見えた。

親子が無事であることをたしかめ、平太は大きな息をついた。

万作とおこま親子が、命からがら桟橋の上に乗り上げたのを見届けたあと、平太と千世はすこし先まで大回りをして、向こう岸へかかっている橋をわたり、桟橋まで駆けつけた。

桟橋の上では、ずぶ濡れになった万作が母親の体をゆさぶっている。

「おっかぁ、目を開けてくれよ」

おこまは桟橋の上に横たわったまま動かない。濡れそぼってますます小さく見える母親の上にのしかかりながら、万作は「おっかぁ、おっかぁ」と泣きじゃくっている。

大きな体で母親を押しつぶしそうな万作を、千世があわてて引き剝《は》がす。

「万作、母上を診《み》ますから、すこし離れていなさい」

千世が、おこまの胸をわずかに開き、息づかいをたしかめる。

「水を飲んでいますね。息が弱い。吐き出させなければ」

「おれがやってみます」

千世が指示する前に、平太がすぐさま動いた。

おこまのかたわらに片膝をつく。顔を近づけてみて、息が切れ切れであることを確かめた。つづいて、おこまの胸に手をあて、迷うことなく力いっぱい押した。すると、おこまの口の端から飲み込んだ水が溢《あふ》れ出る。さらにひと押し。つづいて二度、三度と胸を押した。すると、おこまは意識づき、自ら激しく咳《せ》き込みはじめた。

「おっかぁ！」

「おこまさん！」

万作が、さらに激しく体をゆさぶる。おこまは咳き込みながら寝返りを打ち、さらに大量の水を吐いた。正気を取り戻すとゆっくりと身を起こし、そばにいる息子や、平太や千世のほうを、うつろな表情で眺《なが》めた。

「わたしは……」

「なんてばかなことをしたのです！」

おこまが口を開いた直後に、乾いた音がひびいた。

平太と万作を押しのけ、おこまのかたわらに進み出た千世が、おこまの頬をはげしく叩いたのだ。

叩かれた頬をおさえて呆然としているおこまに向かって、千世はなおもつづける。

「子どもを道連れにしようという人がありますか」

ふたたび千世の手がひるがえった。すさまじい音が鳴る。今度こそ衝撃にたえられず、おこまは桟橋の上にひれ伏した。

平太が必死になってとめていなければ、千世はさらに手を上げたかもしれない。腕をおさえられながらも、激高はおさまらなかった。

「万作の行く末が気がかりだったのですか。あなたがいなければ、万作がひとりで生きていけないと思ったのですか。よくない連中と付き合って、悪事をはたらくと思ったのですか。万作が不幸になるならば、世間に迷惑をかけるのならば、いっそともに死んだほうがいいと思ったのですか」

なんたる勝手な思い込みですか、と千世は厳しい口調で叫びつづける。

「母親のあなたが、息子を見くびってどうするのですか。あなたの息子は、あなたが思うほど弱い人間でも、考えなしの人間でもありませんよ」

叱責《しっせき》を浴びながら、おこまはわっと泣いた。肩を大きくふるわせ、悲鳴をあげるように、泣きつづけた。

「泣いている場合ではありませんよ。しっかりなさい」

「千世先生、もう、ほんとうにだめですってば。おこまさんは溺《おぼ》れかけたんですから」

またもや手を上げそうになった千世の腕に、平太があわててしがみつく。

すると、目を吊り上げていた千世の表情がふいに歪んだ。脱力したとばかりに肩を落とし、力なくつぶやきをもらした。

「あなたが焦っていたことはわかります。長患いで心が弱っていたことも。先々が気がかりだったことも。それでも、いかなる理由があろうとも、子の命を奪っていい道理などありません」

千世のいつものお説教だが、すこし様子が違うのは、怒鳴るのではなく、ひどく静かな諭《さと》しだったことだ。

千世が語り掛ける姿を見つめていた平太は、おもわず目をみはった。

よもや千世が泣くのではないかと錯覚したからだ。それだけ静かな口調だった。同時に、鬼千世と呼ばれる人は、呼び名とはうらはらに、ひどく子ども思いの人なのだと、あらためて感じていた。

いつもとは様子が違うお説教のなかにも、千世の思いが溢れ出て、平太の胸にも突き刺さる。

「わたしは万作の親ではない。でも、手習い師匠として、筆子を信じ、守らねばならぬと思います。母親なら尚更でしょう。誰が何をしようとも、母親のあなただけは、息子を生かそうとしなければならないのではありませんか」

鬼千世さまのお説教を受けながらも、おこまの涙はとまらなかった。自分とおなじくずぶ濡れになった息子に抱きつきながら、声をあげずに肩をふるわせていた。

平太も千世も、あとはただ、親子を見守ることしかできない。

母親と息子は、これからどう関わっていくのか。いままで通りに暮らすのか、何か違う関わり方を模索していくのか。

いずれにしても、生きていればこそ、できることなのだ。


母子を探しまわっていた長屋の住人、加えて騒ぎを聞きつけた近所の人たちが河原に駆けつけてきたのち。万作母子は医師のもとへ運ばれ、平太と千世は鉛《なまり》のごとく重い体をひきずって、せせらぎ庵に戻ることにした。

帰り際——千世は、万作が暮らす長屋の大家に、ある相談をもちかけることを忘れなかった。

「万作のことなのですが。大家さんは最近、万作が家にあまり寄りつかない、おこまさんの看病をあまりしていないと、おっしゃっていたそうですね。うちの筆子から聞きました」

「実際そうでしたからな。以前は、手習いが終わったらまっすぐ帰ってきて、おこまさんの身の回りの世話をしていました。母親思いの子でしたから、健気《けなげ》によく看病をするのです。ところが、ここひと月くらい、ずいぶんと帰りが遅くて、わたしも気に掛かっておりました」

「じつは近ごろ万作は、同じ年くらいの若者三人と、しばしば出かけていたらしいのです。大家さんは、心当たりはございませんか」

万作と年が近そうな若者三人とは、先刻、長屋に訪ねて行った際に、すれ違った若者たちのことだ。まだ年若いのに酒におぼれ、見るからに素行が悪そうだった。

そのことを大家に話すと、何かを思い出したらしく、両手を打った。

「同じ年くらいの三人といえば、あれかもしれない」

「なんでしょう」

「万作が、以前通っていた別の手習い所があるのですが、そこにいた悪童三人組ですよ。ここいらじゃ知らぬ者はおりません。昔っから手のつけられない連中でして、悪戯《いたずら》、苛め、盗み、子どもながらにひどいものでした。親からも見はなされ、もちろん手習い所も追い出され、町のはみだしものだった」

だが、悪童三人組が手習い所を追い出されるすこし前くらいに、たまたま万作が、その手習い所に入ったのだという。

ほかの子よりもおっとりしていて、あまり要領がいいとは言えない万作は、三人組の、悪戯のかっこうの餌食《えじき》となった。

三人組が追い出されるまで、万作は、連中によって苛められつづけたという。手習い道具を取られたり、殴られたり、盗みの片棒を担がされたりしたこともあった。それでも万作は大した抵抗もできず、周囲に告げ口もしなかった。

見かねた手習い師匠が叱責しても、

「万作と遊んでいただけです」

「なぁ、そうだよな、万作」

「おれらは万作と仲がいいだけなんだよ」

と、悪びれもせず、遊んでいただけと言い張り、苛めについては何も解決ができないまま、手習い所から追い出されるかたちになった。

以後は、万作も手習い所をせせらぎ庵にうつし、三人組とのかかわりもなくなったはずなのだが――。

「近ごろ、奉公先をくびになった悪童三人組が、町内に戻ってきたらしい、との噂は聞いたことがありましたな。あぁ……では、そういうことだったか」

大家が苦々しげに言うと、千世もまたうなずいた。

「町に戻ってきた三人組が、また万作に目をつけて、あの子を連れまわしていたのかもしれませんね」

「万作のことだ、いやとも言えず、誰に話すこともできないまま、悪さに付き合わされていたのでしょうか」

そして、息子の苦境にうっすらと気づいてしまったおこまは、ますます焦って、思い詰めて、息子もろとも川に飛び込もうとしたのかもしれなかった。

ことのあらましがおおよそ摑めて、千世と大家は、ほぼ同時に大きく息をつく。

「もっと、わたしたち近所の者が、はやく気づいてあげられていたら」

「こちらもです。万作のわずかな変化に、手習い師匠たるわたしこそが、いちはやく気づいてあげるべきでした。まだまだ……わたしは未熟です」

くだんの三人組は、万作が番屋に預けられたことを知って、もう万作には近づかないと口にしていた。だから、もはや関わってこないかもしれないが、油断は禁物というものだ。

大家は、近所ぐるみで、悪童三人組が万作に近づかないよう見張るつもりだと、請《う》け負ってくれた。

「ありがとうございます、大家さん」

千世は深々と頭を下げた。

「わたしも手習い師匠として、万作が独り立ちできるまで、しっかりと見守るつもりです」

千世と大家とで話し合いがあり、そして——心中騒ぎから数日が過ぎたころ。

まる二日寝込んだあと、やっと起き上がれるようになった万作親子は、いま一度だけお調べを受けてからふたたび長屋に戻されたという。以後は本復するまで、ご近所の力を借りながら親子ともどもゆっくり過ごすことになった。

平太も毎日、万作を見舞った。ほかの筆子仲間が幾人か同行することもあった。手習いが終わったあと、すぐに長屋まで駆けつけ、一日の手習いの様子などを伝え、万作にも早く戻ってきてほしいと説得する。

筆子たちが今日どんなだったとか、こんなことで鬼千世先生が怒ったなどと、日々の話を披露すると、それに耳を傾けている万作はあいかわらずおだやかだ。

「みんな楽しそうだなぁ」

「千世先生も、みんなも、万作さんが帰ってくるのを待ってますよ」

にこにことおだやかに笑って話を聞いていた万作だが。

ある日、いつものごとく手習いが終わってから長屋に駆けつけた平太に、万作は、あることを告げた。

「平ちゃん、残念だけど、おいら、もうせせらぎ庵には戻れないんだ」

「えっ？」

どうして、という言葉が口をついて出た。つよい口調になってしまったので、万作はうろたえてしまう。平太から視線をそらし、落ち着かなさそうにうつむいた。そこで平太は、語調をやわらげ、あらためて尋ねた。

「どうしてですか。千世先生が怒っているると思ってるんですか。違いますよ、先生は、万作さんのことが気がかりで……心配のあまり、きつい態度を取ってしまうだけなんです。万作さんが帰ってきてくれるのを、誰よりもつよい気持ちで待っていますよ」

「う、うん。わかってる。千世先生が、ほんとうは優しいのはわかってる」

「ではどうして」

月謝が払えないのか。母親がしぶっているのか。世間体が悪いと思っているのか。ほかに何かあるなら相談に乗ると、平太は詰め寄った。

平太のいきおいに押され、万作はますます顔をうつむけてしまう。

「平ちゃん、違うよ。そういうんじゃないんだ」

胸の前で手を振りながら、万作はつづける。

「おいら、じつは修業に出ることになったんだ」

おもいがけない言葉に、平太はしばしのあいだ考えを巡らせた。

目の前では、やっと顔をあげた万作が、はにかみながら笑っている。

「あれから、おっかぁとも話し合って、鋳物の修業をね、やり直そうかと思って」

「でも、お父さんのお弟子さんという人は、もう……」

「うちの人にはね、もうひとり、お弟子さんがいたんですよ」

平太と万作の話し合いに、おこまが途中から入ってきた。先まで横たわってやすんでいたと思っていたのだが、どうやら目は覚めていたらしく、息子たちの会話を聞いていたらしい。

床の上で半身を起こしながら、おこまは息子のあとをとり、話をはじめる。

「もうひとり、地元の川越《かわごえ》に帰っていた、うちの人の弟子がいるのですけど。義理堅い人で、川越にもどって独り立ちしたのちも、盆暮れにはときどきうちを訪ねたりしてくれていたんです。それが、今回の騒ぎを聞きつけて、まずは文を寄越してくれましてね。万作が独り立ちするために、修業をつけてくれるっていうんですよ」

万作の父親の、もうひとりの弟子。その男は、文にこうしたためてきたという。

『いまのおれがあるのは、師匠に手取り足取り修業をつけてもらったおかげです。その師匠のご子息が困っているというのに、何もしないわけにはいきません。おかみさん、万作を自分に預けてくれませんか。きっと一人前の鋳物師にしてみせますから』

もと弟子が寄越してくれた文に、おこまは、「ありがたい、ありがたい」と言って、何度も手を合わせたという。

「しかも、万作のことが心配だというのなら、わたしも川越に来てはどうかとまで、言ってくれたんですよ。住まいの面倒も見てくれると。これが最後の頼みの綱だと思い、親子ともども、お世話になろうと決めたんです」

以前までの張り詰めた表情とはうってかわり、おこまは、憑きものが落ちたように、すっかりおだやかな様子になっていた。

おこまは、二度と、万作を道連れに死のうなどと思わないはずだ。

万作も、万作なりに、時間はかかるかもしれないが、きっと修業をやり遂げ、いい仕事をする鋳物師になるだろう。そして、心優しい万作のことだから、これからもずっと、母親のことを大切にしていくのだろう。

遠く川越に行ってしまうのは寂しかったが、嬉しい門出《かどで》だと、祝福しなければならない。

平太は、万作の大きな手を取った。

「頑張ってくださいね、万作さん」

「平ちゃんこそ」

「おれも、万作さんみたいに、はやく自分が進むべき道を見つけたいです」

「きっと見つかるよ。焦らなくたって、きっとね。だって平ちゃんは、おいらなんかと違ってとても頭がよくて、優しくて、たくさんのことができる子なんだから」

言葉を受けて、優しいのは万作のほうだと平太は思った。

これまで万作をないがしろにしてきた人たちは、万作の何を見ていたというのだろうか。こんなに優しい人が、思いやりのある人が、つらかったことを乗り越えた人間こそが、世のため人のためになる仕事をしてくれるはずなのに。

そして、自分も、いつかそんな人間になりたいと願った。

――優しくて、つよくて、人の哀しみに寄り添える人間に。

「なれるだろうか」

万作の長屋をあとにした平太は、自らの将来を考えながら、帰路についていた。

道すがら、身を切るほどの冷たい風を受けていると、上州にいたころ、つねに吹き荒れていた空っ風を思い出す。

思えば、郷里からはずいぶんと遠くまで来てしまった。これからの道のりは、もっともっと長く、険しい道だろう。それでも自ら信じた道を見つけ、懸命に進みたいと願った。

考えごとをしながら歩いていると、いつの間にかせせらぎ庵まで、上り坂をのぼりきるというところまで来ていた。

自然と歩調がはやくなる。せせらぎ庵で待っている千世に、はやく万作のことを知らせたいと思うと、気持ちが急いた。

坂を駆けあがり、息があがったまま、門の枝折り戸に手をかける。

そこで平太は、玄関から出てきたひとりの女性と鉢合わせした。向こうもまた平太のことに気づき、一礼してから入れ違いに門を出て行く。

誰だったろうかと、どこか見覚えのある女性の姿を見送ってから、庭を突っ切り、玄関をいきおいよく開ける。すると、先ほどの女性を見送ったところだった千世が、上がり框に正座をしている姿があった。

「おかえりなさい、平太」

「ただいま帰りました。あの、さっきの人は?」

「弥太郎の母上ですよ」

「あ、そうだった」

平太もやっと思い出した。女性のことに見覚えがあるはずで、数日前に、息子をせせらぎ庵からやめさせたいと、話し合いに来ていた弥太郎の母親だ。

「それが、弥太ちゃんはやめてしまったのに、いまごろ何の用でしょう?」

「えっ?」と、弥太郎を、またここに通わせてほしいと願い出てきたのです」

「どうしてですか?」

平太は驚きの声をあげる。

「弥太郎にせがまれたのだそうですよ。ほかの手習い所に見学には行ってみたものの、やはり、ここがいいと言って聞かなかったのだとか」

「ではまた、弥太ちゃんは、ここに通うことを許してもらえたんですね」

「そのようです。親御さんも、弥太郎の熱心さに折れたのでしょう。万作の問題も解決したと、耳に入ったのかもしれませんね」

「よかった……ほんとうによかった。嬉しいですね」

平太はほっと息をつく。すると、立ち上がった千世が、草履をつっかけて土間まで出てきて、寒空のなかで冷え切った平太の頬を両手で触れてきた。

「こんなに冷えてしまって。万作のほうはどうでした、特段変わりはありませんか」

「は、はい、体もすっかりよくなったみたいです」

万作親子がだいぶ快復してきたこと、万作に修業の話が持ち上がっていること。それらをあわただしく知らせたあと、すこしためらいながら、万作が手習いをやめることを告げた。

千世は一瞬だけ目を見開いたが、すぐにいつも通りの涼やかな表情になる。

「そうですか」

——万作が独り立ちするまで、見守りたいと思ったのですけどね。

ぽつりとつぶやいたあと、千世は惑いを振り払うように、頭をかるく振った。

「さぁ、こんな寒いなか立ち話では、風邪を引いてしまう。なかに入りましょう。万作のこと、詳しく話を聞かせてください」

平太を促して手習い所に戻ったあとも、千世は、熱い茶が注がれた湯呑を両手で握りながら、万作親子の行く先の話にじっくりと耳を傾ける。

「万作は鋳物の修業に出ることにしたのですね。ほんとうによかったこと」

教え子の門出に、千世はほっと息をもらした。

万作親子が川に身を投げ出したとき、ひどく激高した千世を見ていた平太も、嬉しそうな千世の姿に安堵をおぼえている。

　ひと息つき、茶で喉をうるおしてから、平太はあることを千世に話してみた。

ここ数日、平太がひそかに気にしていたことだ。

「万作さんのことは嬉しいのですが……でも、あの人までが出て行ってしまうとなると、せせらぎ庵はすこし寂しくなりますね」

「来春になっても残っているのは、あなたと留助。そして茂一と亀三、おさと。五人だけになってしまいますか」

「弥太ちゃんが戻ってきますよ」

「そうでした」

「だからこそ、千世先生には、せせらぎ庵をやめないでもらいたいのです」

　平太が懇願すると、千世は目をしばたたかせた。もうひと口だけ茶をすすってから、ふっと吐息をつく。

「せせらぎ庵を閉めるだなんて、そんなことはいたしませんよ」

「ほんとうですか？」

「筆子はたしかに減ってしまうけれど、また新しい筆子が来るかもしれないでしょう。弥太郎みたいに、また頼ってきてくれる子もいる。なにより、わたしは、いま通ってきてくれる子たちすべてが、望む道を見つけてくれるとも信じています。そして、それを見守りたい。平太、あなたもですよ。あなたが、やりたいこと、やるべきことが見つかり、先へ進む姿を見送るまでは、せせらぎ庵を閉めるつもりはありません」

「ありがとう、ございます」

胸がいっぱいになって、平太はそれしか言えなかった。

すべてを失ったと思っていた自分を、救ってくれたこと。行き場をなくした自分を置いてくれること。丁寧に手習いをつけてくれること。新たな道を見つけていいと言ってくれたこと。ありがたくて、幸せで、たくさんのことを伝えたかったが、拙《つたな》いひと言しか出てこない。

代わりに、ここ最近になっておぼろげに見えはじめた己の道について、ひどく緊張しながら口にした。

「じつは……まだ、はっきりとは決まっていませんが、やりたいと思えることができました」

平太の告白に、千世はしずかに先をうながした。

「差し支えなかったら教えてくれますか？」

「人を助ける業を身につけたいのです」

すこし前から考えていたことだった。自分が人に助られたのとおなじく、いつかは自分も、人の役に立つ人間になりたい。人を救うことができる大人になりたい。どんな方法で人を助けるのか、最近まではなにも見えていなかった。だが、万作親子を救ったとき、息をしていなかったおこまの命をどうにか繋ぎとめたとき、ひと筋の道が見えた気がした。

そのことを千世に正直に告げた。

「できることならば、人の命を救う医者になりたいと考えています」

平太の時間は、浅間噴火を受けた四年前に一度止まり、そのあいだ、考えることもせず、心も閉ざし、ただ息をして生き永らえているに過ぎなかった。村の寺子屋で有望と言われていたが、学ぶことも一度やめた。平太の中身は実年齢よりも幼いままだ。これから急ぎ学び直し、さらに医者となるには、さらなる時を費やして勉学に励まねばならない。気の遠くなるほど大変な道かもしれない。だが、やり遂げたかった。噴火で家族を失ったときも、江戸に来たときも、たくさんの人とも出会い、救われた。平太はこれまで会った人たちのおかげで生かされている。だからこそ、今度は、自分がたいせつな人たちを、自分のやり方で助けたいと心から思った。

平太の思いを聞いた千世は、感慨深そうにうなずいている。

「とても素晴らしいことですね」

「千世先生にそう言ってもらえると、ほっとします」

「ですが、一朝一夕には叶いませんよ。もっとよく学び、もっと人と付き合い、もっともっと命の尊さをおぼえてください」

平太は畳に両手をついて、決意をこめてこたえる。

「精進いたします。ですので、これからもよろしくご教示ください」

「わたしがどこまでできるのか、どれだけあなたの助けになれるのか、わかりませんが」

鬼千世と呼ばれる手習い師匠は、いつになく優しい表情でこたえた。

「あなたが目指す道の途中まででも、すこしでもお手伝いできれば、こんなに嬉しいことはありません」

「ありがとうございます、千世先生」

ありがとうございます、ともう一度言ってから、平太は両手をついたまま深く頭を下げた。

千世の言葉は胸に染み入る。ときにひどく厳しくありながらも、筆子のことを第一に考えてくれる人だと感じる。

やはり自分は、この人のもとで人生をやり直したいと、新しい道へ踏み出したいと、平太は心から思った。

千世に見守られ、見送られて、この、せせらぎ庵から——。

解　説――世の中の理不尽《りふじん》のしわ寄せは子供に。だから筆子《ふでこ》を守る

（文芸評論家）細谷正充《ほそやまさみつ》

本書の解説を書くために、澤見彰《さわみあき》の著書を積み上げ、パラパラと見ているうちに、あらためて気づいたことがある。現代を舞台にした作品が、ほぼ存在しないのだ。それなのにデビューしてから何年か、時代小説作家というイメージがなかった。なぜか。作者の経歴を俯瞰《ふかん》しながら、説明してみよう。

澤見彰は、一九七八年、埼玉県に生まれる。大学卒業後、大学で民俗学の研究をする傍ら、作家を志し文章と絵の勉強を続ける。「らいとすたっふ小説塾」第一期生として一年間の修業をし、光文社の新人発掘企画「ＫＡＰＰＡ‐ＯＮＥ登龍門」の選考を通過した『時を編む者』を、二〇〇五年六月に刊行してデビューした。架空のケチュア大陸を舞台にしたファンタジー小説である。以後、十九世紀末のリヴァプールと豪華客船を舞台に、少年と愛犬が活躍する『海駆けるライヴァー・バード』、一八九九年のゴールドラッシュに沸くアラスカを舞台にした『氷原の守り人』、時代不明のサバンナでマサイ族の少女が冒険する『燃えるサバ

ンナ』(今のところ、この作品だけ現代が舞台という可能性がある)などの作品を発表。また、二〇〇七年の『乙女虫《おとめむし》　奥羽草紙──雪の章──』から始まる三部作で、時代伝奇小説にも挑戦した。

このように初期から時代小説を手掛けていた作者だが、作品の多彩さゆえに、時代小説作家というイメージを持たれなかった。だが以後の創作は、急速に時代小説に傾斜していく。「はなたちばな亭」「もぐら屋化物語《ばけものがたり》」と、ふたつの妖怪時代小説のシリーズを執筆。そして二〇一六年には、幕末の南部《なんぶ》藩は遠野《とおの》を舞台に、「供養絵額」を題材にした『ヤマユリワラシ─遠野供養絵異聞─』を刊行した。一方、二〇一八年の『白き糸の道』ではファンタジーの要素を排除。養蚕《ようさん》業の発展に寄与したヒロインの人生を、見事に描き切ったのである。その後も、『横浜奇談新聞　よろず事件簿』『けものよろず診療お助け録』『ぬくもり湯やっこ駆け込み船宿帖』と、やはり多彩な作品を書き続けているのだ。そんな作者の最新刊が、文庫書き下ろし時代小説『鬼千世先生《おにちよせんせい》　手習い所せせらぎ庵《あん》』である。

江戸は牛込水道町《うしごめすいどうちょう》に、「せせらぎ庵」という手習い所があった。主《あるじ》の尾谷千世《おだにちよ》は、四十くらいの美しい女性。旗本の妻だったが、四年前に夫を亡くし、今は手習い所の先生をしている。さまざまな理由で他の私塾や手習い所に馴染めなかったり、つまはじきになった筆子《ふでこ》を受け入れ、好きなことを学ばせている。手習い所の空気は自由闊達《かったつ》だ。しかし筆子が悪さをすると、おでこ鉄砲（デコピン）を喰《く》らわせる。また、筆子絡みで理不尽《りふじん》なことがあると、薙刀《なぎなた》を手に立ち向かう。ゆえに〝鬼とか鬼千世と呼ばれる〟のだ。

そんなせせらぎ庵に、勘定奉行の根岸鎮衛《ねぎしやすもり》に連れられて、平太《へいた》という十一歳の少年がやって来た。四年前の天明《てんめい》三年に起きた、浅間《あさま》山の噴火により、火砕流《かさいりゅう》に飲み込まれた鎌原《かんばら》村の生き残りだ。かつて勘定所の役人として、復旧の指揮を取り、そのときに平太を知った鎮衛。勘定奉行の役目につく前、鎌原村の人々がどうしているか気になって見に行ったところ、災害後も話をしていた平太が口をきけなくなったことを知る。そして何とかしようと考え、昔馴染《むかしなじ》みの千世に預けることにしたのだ。これにより、せせらぎ庵で暮らしながら、手習いを始める平太。幾《いく》つかの騒動にかかわりながら、彼は成長していく。

本書は全三話で構成されている。冒頭の「せせらぎ庵と生きる道」は、平太たちの紹介篇といえるだろう。作者は、絵の好きな一蔵《いちぞう》という筆子の引き起こす騒動を通じて、怒ると怖《こわ》いが、常に筆子のことを考えている千世のキャラクター（大の酒好きというのが楽しい）や、せせらぎ庵の空気を巧みに表現。ああ、こういう場所だから口のきけない平太も、すんなり馴染むことができるのかと、嬉しくなった。

しかし物語は、それだけでは終わらない。房吉《ふさきち》という筆子が手習い所の空気を壊し、さらに彼の両親が、文句をつけに現れる。その文句というのが、平太が「浅間押し」であることだ。浅間山の噴火及び、火砕流により鎌原村が壊滅したのは史実である。もちろん被害は広範囲であり、土地や生活の基盤を失った多数の人々が江戸に出てきたのも事実だ。そこで起きた問題は、東日本大震災における災害被害者を巡る問題を想起させる。

作者はその問題を、平太によって活写した。日常が戻ってきたことで、妹の死を思い出し、言葉を失ったこと（現在ならＰＴＳＤといわれるだろう）。房吉の両親から浴びせられる、いわれなき非難中傷。積み重なった苦しみが、今まで抱えていた平太の想いを爆発させる。この場面は感動的だ。同時に、いろいろなことを考えさせられる。さらに房吉によって、親を選べない子供の悲しみまで描かれているではないか。世の中の理不尽のしわ寄せが子供に向かうのは、昔も今も変わらない。だから筆子を守る、千世の言動が頼もしい。理不尽に負けまいと頑張る、平太の生き方を応援したくなる。第一話から、読みごたえのある内容だ。

続く「井筒屋騒動《いづつや》」は、算盤《そろばん》の得意な筆子のおみえが、せせらぎ庵に姿を見せなくなる。すでに両親が亡く、兄とふたり暮らしをしているおみえ。しかし年の離れた兄はだらしない生き方をしており、せせらぎ庵にも迷惑をかけていた。その件で、元せせらぎ庵の筆子で、今は水道町界隈の岡っ引き・吉次《きちじ》親分のもとで下っ引きをしている新七《しんしち》が動いている。千世に頼まれ、おみえの家に様子を見に行った平太だが、兄妹がいなかった。千世から、新七たちに任せるようにいわれた平太だが……。

本作は捕物帖仕立てになっているので、内容に詳しく触れるのは控えよう。平太の暴走。鎮衛と同じく千世の昔なじみだという、北町奉行曲淵景漸《まがりぶちかげつぐ》の出現。そして薙刀を持った千世の大暴れと、クライマックスは大いに盛り上がるとだけいっておく。

その一方で、おみえの境遇を通じて、房吉と同じく親（この場合は兄だが）を選べない子供の悲しみや、貧困による教育の問題などが浮かびあがってくる。現代と響き合う問題意識も、本書の読みどころといっていい。

さらに平太の暴走は叱責《しっせき》すべきものだが、根底にある想いは尊《とうと》い。そこから出てきた、「おれは、人を助けられる大人になりたい」という言葉と、これを受け止めた千世の言葉に、目頭《めがしら》が熱くなった。作者の主張はストレートであり、だからこそ真っすぐに読者の胸を打つのだ。

そしてラストの「母と子と教え子と」では、年長の筆子だが、物事の習得がゆっくりしている万作《まんさく》が、母親を殴るという事件が発生。温厚な万作が、なぜ女手ひとつで育ててくれた母に暴力を振るったのか。せせらぎ庵の評判が悪くなり、次々と筆子が辞めるという状況に陥りながら、千世と平太が奔走する。

互いに相手を思いながら、すれ違ってしまう親子の関係。手習い所の先生が、筆子の家庭の問題に介入することの難しさと、本作でも現代と響き合う問題が取り上げられている。しっかりとしたテーマを持ちながら、読み味のいいエンターテインメントに仕立てている、作者の手腕を称揚したい。

また、鎌原村の悲劇という史実だけでなく、実在人物の使い方も巧みである。勘定奉行の根岸鎮衛は、その後の南町奉行時代の逸話や、さまざまな奇談・雑話を集めた『耳嚢《みみぶくろ》』の著者として、よく知られている。その鎮衛が浅間山の被災地復興に従事したことに着目したのは、作者の手柄であろう。また、北町奉行の曲淵景漸も実在の人物。鎮衛が南町奉行になると、南北の名奉行として人気を二分した。このような実在人物を脇役に配し、物語に厚みを与えているのも、見逃せないポイントなのだ。

　第三話で平太が自分の進むべき未来を見つけ、本書は綺麗にまとまっている。だが、せせらぎ庵の筆子たちで、まだ幾らでも話は作れるだろう。鎮衛と景漸と昔馴染みだという、千世の過去も気になる。ということで、是非ともシリーズ化してもらいたい。また、せせらぎ庵の面々と会える日がくることを、首を長くして待っているのである。

一〇〇字書評

鬼千世先生

切り取り線

購買動機（新聞、雑誌名を記入するか、あるいは○をつけてください）	
□（　　　　　　　　　　　　）の広告を見て	
□（　　　　　　　　　　　　）の書評を見て	
□ 知人のすすめで	□ タイトルに惹かれて
□ カバーが良かったから	□ 内容が面白そうだから
□ 好きな作家だから	□ 好きな分野の本だから

・最近、最も感銘を受けた作品名をお書き下さい

・あなたのお好きな作家名をお書き下さい

・その他、ご要望がありましたらお書き下さい

住所	〒				
氏名		職業		年齢	
Eメール	※携帯には配信できません	新刊情報等のメール配信を 希望する・しない			

この本の感想を、編集部までお寄せいただけたらありがたく存じます。今後の企画の参考にさせていただきます。Eメールでも結構です。

いただいた「一〇〇字書評」は、新聞・雑誌等に紹介させていただくことがあります。その場合はお礼として特製図書カードを差し上げます。

前ページの原稿用紙に書評をお書きの上、切り取り、左記までお送り下さい。宛先の住所は不要です。

なお、ご記入いただいたお名前、ご住所等は、書評紹介の事前了解、謝礼のお届けのためだけに利用し、そのほかの目的のために利用することはありません。

〒一〇一－八七〇一
祥伝社文庫編集長　清水寿明
電話　〇三（三二六五）二〇八〇

祥伝社ホームページの「ブックレビュー」からも、書き込めます。

www.shodensha.co.jp/bookreview

祥伝社文庫

鬼《おに》千《ち》世《よ》先生《せんせい》　手習《てなら》い所《しょ》せせらぎ庵《あん》

令和 3 年 9 月 20 日　初版第 1 刷発行

著　者　澤見《さわみ》 彰《あき》
発行者　辻　浩明
発行所　祥伝社《しょうでんしゃ》
東京都千代田区神田神保町 3-3
〒 101-8701
電話　03（3265）2081（販売部）
電話　03（3265）2080（編集部）
電話　03（3265）3622（業務部）
www.shodensha.co.jp
印刷所　堀内印刷
製本所　積信堂
カバーフォーマットデザイン　中原達治

Printed in Japan ©2021, Aki Sawami　ISBN978-4-396-34763-5 C0193

〈祥伝社文庫　今月の新刊〉

長岡弘樹

道具箱はささやく

『教場』『傍聞《かたえぎ》き』のエッセンスのすべてがここに。原稿用紙20枚で挑むミステリー18編。

西村京太郎

十津川警部　長崎　路面電車と坂本龍馬

グラバーが長崎で走らせたSLを坂本龍馬が破壊した!?　歴史に蠢く闇を十津川が追う！

松嶋智左

開署準備室　巡査長・野路明良《のじあきら》

姫野署開署まであと四日。新庁舎で不審事が続発する中、失踪した強盗犯が目撃されて……。

南　英男

突撃警部

警官殺しの裏に警察を蝕む巨悪が浮上。心熱き特命刑事真崎航のベレッタが火を噴く！

笹沢左保

取調室2　死体遺棄現場

事件解決の鍵は「犯人との会話」にある。〝落としの達人〟はいかにして証拠を導き出すか!?

長谷川　卓

柳生双龍剣《やぎゅうそうりゅうけん》

熊野、伊勢、加賀……執拗に襲い掛かる異能の忍者集団。〝二頭の龍〟が苛烈に叩き斬る！

澤見　彰

鬼千世先生　手習い所せせらぎ庵

薙刀片手に、この世の理不尽から子供を守る。熱血師匠と筆子の温かな交流を描く人情小説。